LES NOUVELLES IDENTITES REMARQUABLES

GUY CAPLAT

*« Il faut savoir se contenter d'une esquisse un peu grossière de la vérité.
En raisonnant sur des faits pas toujours vrais, on n'en doit tirer que des conclusions du même ordre. C'est avec une indulgente réserve qu'il conviendra d'accueillir tout ce que nous dirons ici »*

Aristote *'Ethique à Nicomaque'*

Contrairement à ce que l'on pourrait croire, l'invasion des Huns ne date pas du 11/11/1111 à 11h11mn11s

© 2025 Guy Caplat
Édition : BoD · Books on Demand,
31 avenue Saint-Rémy, 57600 Forbach,
bod@bod.fr
Impression : Libri Plureos GmbH,
Friedensallee 273, 22763 Hamburg (Allemagne)
ISBN : 978-2-3222-5160-5
Dépôt légal : juin 2025

La Gazette de Perd du 13/02/2021

Une dépêche vient de tomber sur nos téléscripteurs. Puyg Tacal, auteur de romans à succès et directeur de la collection *'Rivière Grise'* aux PUB – Presses Universitaires Bordures – est mort hier dans sa maison de Perd.

Il y a une vingtaine d'années Puyg Tacal avait fait l'objet de menaces, menaces consécutives à la sortie de son ouvrage *'La lubie de Lulu, l'ibis de Lybie'*. Cela avait débuté par de violentes critiques venues simultanément des milieux laïques traditionalistes et des groupes anarcho-centristes, puis s'était envenimé après son passage à l'émission de télévision *'Parenthèse'*, pour finir par des menaces de mort sur Internet. Face à l'assaut de vindictes il s'était retiré dans sa propriété de Perd, le *Domaine Beau Rivage*, et y vivait reclus depuis-lors en compagnie d'un couple de domestiques, Taga Plucy, ancien militaire de l'armée Bordure qui faisait fonction de garde du corps et d'homme à tout-faire et Lucy, la compagne de Taga, cuisinière et femme de ménage.

Il ne recevait personne dans sa demeure, à l'exception cependant de stagiaires, tous triés sur le volet, qu'il invitait une fois par an à participer à sa Master Class d'écriture. C'est à l'issue du dernier stage que le drame s'est produit. Il a été découvert mort à sa table de travail. Suicide, Meurtre ? L'enquête nous l'apprendra.

La veille il avait reçu chez lui l'équipe de *'La Grande Bibal'* pour l'émission consacrée à la sortie de son dernier ouvrage « *Les nouvelles identités remarquables* ». Aux dires du journaliste qui l'a interviewé il était apparu subtil, cultivé, provocateur, en un mot génial. Les cassettes de l'enregistrement de l'émission ont été confiées à l'inspecteur de la police du district de Perd chargé de l'enquête.

D'après nos sources, de nombreux indices présents dans le bureau où le corps a été découvert ont déjà permis d'orienter l'enquête sur des pistes sérieuses. Gageons qu'ils permettront d'élucider cette affaire dans les plus brefs délais. En attendant, sur ordre de l'inspecteur, personne ne peut pénétrer dans le *Domaine Beau Rivage* et les participants au stage ainsi que le personnel de maison y sont retenus. [1]

---

[1] *Les lecteurs impatients peuvent se rendre page 193 et suivantes pour connaître les dessous de cette sombre affaire.* [1 Bis]

[1 Bis] *La note précédente est à destination des lecteurs vraiment très très impatients.*

Mardi 22 février 2022   16h16
Dans un bar/restaurant, Rue de la République, Perd.

Paule, Catherine, Agathe & Lucie

Paule :
Vous n'allez pas me croire, les filles ? Je sors des Editions 'Source claire'. C'est fait, le contrat est signé, je vais être publiée ! C'est le plus beau jour de ma vie ! Allez hop, je paye ma tournée.

Se tournant vers le comptoir :
Lucie, s'il vous plait, trois cocktails sangria - jus de topinambour.

Catherine :
C'est super, Paule ! Petite cachotière, tu aurais pu nous en parler plus tôt.

Paule :
Oui, mais bon, par superstition, j'ai préféré garder pour moi le secret de ce rendez-vous avec le directeur de publication.

Agathe :
Raconte-nous Paule. Tu t'es décidée à publier ton autobiographie, enfin ton journal intime ...

Paule :
Pas du tout. Mon journal intime est et restera intime.

Ce que je vous avais caché c'est que parallèlement à ce journal j'écrivais un roman policier « Meurtre au Domaine Beau Rivage » et un roman d'espionnage « Une taupe dans les topinambours ». Oui deux romans, avec le défi de mener les deux totalement de front, de les faire avancer au même rythme, de les achever ensemble et de les proposer le même jour à des éditeurs. Vous n'imaginez pas la difficulté, le nombre de fois où je me mêlais les crayons. C'était un effort de concentration permanent.

Catherine :

J'imagine en effet. Mais dis donc, j'y pense, je suppose que tu notais dans ton journal l'avancée de l'écriture de tes deux romans.

Paule :

En effet. J'ai tout noté.

Catherine :

C'est donc trois histoires que tu menais en parallèle, plus précisément deux histoires romanesques et un récit : un roman policier, un roman d'espionnage et le journal de l'autrice de ces deux-là.

Agathe :

Dis-nous lequel va être publié. Le roman d'espionnage ? Le roman policier ?

Paule :

Surprise, surprise !

Comme je vous l'ai dit, j'avais l'objectif de présenter l'un et l'autre simultanément. J'avais donc proposé « Meurtre au Domaine Beau Rivage » aux Editions 'Rivière grise'. Puyg Tacal, le directeur de la publication que tu connais bien Catherine, me l'a refusé. « Ce n'est pas un véritable roman policier ! Il ne respecte pas les règles de S.S. Van Dine. La partie 'Résolution' de l'énigme est réduite à quasiment rien, le lecteur ne va pas participer activement à la recherche du coupable, la conclusion arrive trop brutalement... » Bref, un non franc et massif de la part de 'Rivière grise'.

Parallèlement j'avais proposé « Une taupe dans les topinambours », le roman d'espionnage, aux Editions 'Ruisseau trouble', spécialisées comme vous le savez dans la publication de ce type de littérature. Là je pensais avoir plus de chance de succès. Mon roman remplissait les critères du genre : il plongeait ses racines au cœur d'une guerre froide historique – celle entre la Syldavie et sa voisine la Bordurie – prête à tout moment à se réveiller, l'espion avait une couverture irréprochable – Professeur d'Université – et sa mission revêtait une importance capitale : la suprématie mondiale sur la semence de topinambour. Vous savez, des pays se sont battus pour moins que ça. Eh bien, vous le croirez ou non, mais j'ai essuyé le même refus de la part du directeur de collection : « Remettre en cause la première place de la Corchine au classement des pays producteurs de topinambour, faire peser les soupçons sur elle comme étant à l'origine de la pandémie de Coplin19 en pleine négociation de l'OMC, (j'ai appris par la suite que le capital de 'Ruisseau trouble' était détenu par le fils de Kim Jin Pingpong) vous n'y pensez pas Madame ». Bref, un 不 franc et massif de l'éditeur.

Agathe :
Misère ! Mais alors ?

Paule :
En un éclair la solution m'est apparue comme une évidence. Reprendre le tout et en faire un hybride regroupant trois récits en un seul : un roman policier, un roman d'espionnage et quelques pages issues de mon journal. Durant la refonte il a suffi de faire en sorte que les événements s'enchaînent naturellement et que les personnages passent d'une histoire à l'autre sans incohérence. Quelques mises en abîme, et hop, c'était parti.

Catherine :
Un roman cocktail en quelque sorte ...

Lucie, la serveuse, arrive portant sur un plateau les trois verres de cocktail sangria - jus de topinambour. Elle les pose sur la table et s'éloigne. Agathe, Catherine et Paule lèvent leur verre.

Agathe :

Trinquons à la future lauréate du prix Mascula !

Catherine :

Ou au prix Con-Gourde !

Paule :

Vous êtes bêtes ! Trinquons plutôt à la littérature, au plaisir d'écrire et au plaisir de lire !

Elles trinquent …

Agathe :

J'espère que tu me confieras la traduction de … Mais au fait, quel est le titre de ce roman composite ? Dis-nous.

Paule :

« L'affaire Topinambour »

Catherine :

Après L'Affaire Tournesol, L'Affaire Topinambour. On reste dans les astéracées ! Veux-tu nous en lire un passage ?

Agathe :

Oh oui, s'il te plait, Paule ! Au moins le début …

Paule :

D'accord. Dans un premier temps, si vous le voulez bien, je vais vous situer le contexte.

Nous sommes au cœur de la Karpiskie, région située à l'extrême Est du continent européen – plus à l'est c'est la Corchine et le continent asiatique. La Karpiskie est bordée au sud et à l'est par la mer Karpiskienne, et du sud-ouest au nord-est par les Balkouilles, une haute chaîne de montagnes quasi-infranchissable – véritable frontière naturelle trouée par le seul col de Brajinsky – qui isole cette région du reste de l'Europe et de l'Asie. Entre la mer Karpiskienne et les Balkouilles une large plaine (le 'grenier' de la Karpiskie) où coulent les fleuves Prout et Dniepr et leurs affluents.

Je vous fais un plan :

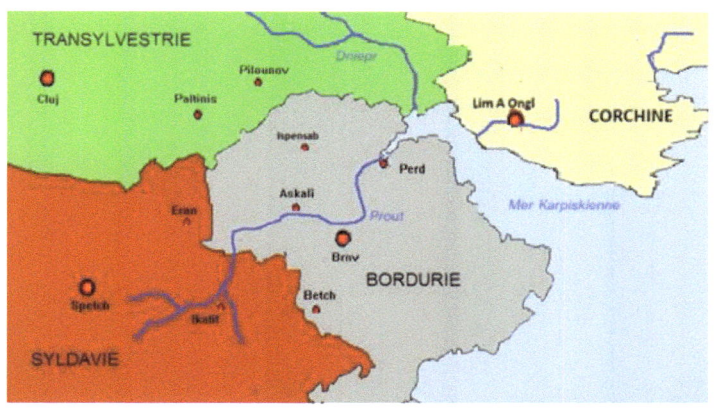

Les personnages :

les hôtes :

> Puyg Tacal : Propriétaire du Domaine Beau Rivage
> Taga Plucy : Employé au Domaine Beau Rivage
> Lucy Pagat : Cuisinière au Domaine Beau Rivage

six participants à un stage de littérature :

> Paula Cytg : Professeure de littérature
> Caty Gulpa : Ecrivaine
> Agat Cyplu : Traductrice
> Paul Tagyc : Académicien
> Pyla Gatuc : Journaliste bordure au *'10 d'Askali'*
> Atal Pugyc : Journaliste syldave au *'20 d'Ikatif'*

et dans des rôles mineurs :

> Pÿa Tagluc : Professeur à l'Université de Spetch
> Yug Talpac : Ecrivain portugnol

Et maintenant, place à la première partie. Installez-vous, ça va démarrer.

L'AFFAIRE TOPINAMBOUR
Partie I : Tensions Karpiskiennes

Le 10 d'Askali du 10/02/2002

Depuis le 19 février 1902, date de la scission de la Bordavie en deux pays indépendants – la Syldavie, à l'Ouest, la Bordurie à l'Est – les relations n'ont jamais été aussi tendues. Parmi les points de dissension, un différend écolo-économique : les autorités de Spetch ont décrété que tout Syldave de plus de 3 ans devait consommer au moins deux œufs à chaque repas et que les adultes devaient manger de l'Omelette au riz une fois par jour. Des élevages industriels de volailles ont poussé sur tout le territoire, de gigantesques enclos pouvant accueillir des milliers de poules pondeuses ont été édifiés … et les fientes des volatiles sont rejetées dans les rivières. D'affluents en affluents ces déchets se retrouvent finalement dans le fleuve Prout, polluant ses eaux et laissant une trace olfactive des plus tenaces tout au long de son cours.

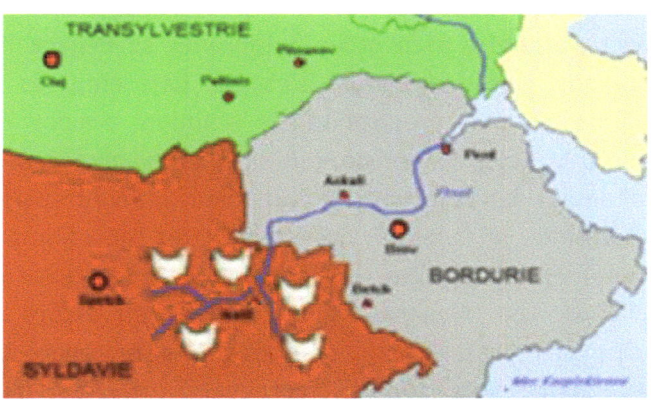

Il suffit de jeter un œil sur une carte de la région pour constater que le fleuve Prout traverse de part en part notre magnifique pays, arrosant sa capitale Brnv et la principale station balnéaire de Perd, et comprendre combien cette situation est fort mal vécue par nos concitoyens bordures.

Face à l'ampleur du mécontentement de sa population, le gouvernement bordure ne pouvait rester les bras croisés. En rétorsion il a lancé la construction le long de la frontière bordo-syldave d'un chapelet de fermes-élevages de cochons dont les effluves du lisier, poussés par les vents d'Est dominants, troublent la qualité de l'air des voisins syldaves.

Dans un premier temps les Ministres de la Recherche et de l'Ecologie des deux pays s'étaient rencontrés à Spetch. Anciens camarades de classe, les deux politiciens entretenaient jusque-là des relations amicales et l'on pouvait s'attendre à ce qu'un compromis se dégage des discussions. Des scientifiques s'étaient déjà emparés du problème et une proposition de solution avaient été définie : la Syldavie construirait une usine moderne de retraitement des déjections des volatiles ; en contrepartie, la Bordurie installerait des dispositifs de filtration sophistiqués sur toutes les cheminées d'aération des porcheries. Les Ministres signèrent donc un accord de principe qu'il s'agissait maintenant de mettre en œuvre. Les lignes budgétaires furent approuvées par les deux Ministères des Finances, plus rien ne s'opposait à la concrétisation des accords.

C'était sans compter sur l'ABDHFES, Association Bordure des Droits de l'Homme et de la Femme et de l'Egalité entre les Sexes. Ci-dessous quelques extraits du manifeste que cette association diffusa sur son site Internet :

« Le travail à la chaîne dans les usines de transformation de la viande de porc comporte des risques élevés de blessures physiques – coupures, de brûlures et de lésions musculo-tendineuses – et psychologiques. Des études ont été faites sur l'ensemble des postes de travail d'une chaîne de production : abattage, découpe, empaquetage, conditionnement, congélation. Les registres d'accidents ont été analysés, et des calculs statistiques ont permis d'établir les corrélations entre dangerosité des tâches et le genre des travailleurs. [...] Cette étude a permis de mettre en évidence une certaine forme de taylorisme conduisant à la spécialisation des tâches : abattage, découpe faites par les hommes, empaquetage, conditionnement, congélation accomplis par les femmes ; cadence élevée, travail au froid et faible variabilité chez les femmes, travail de force, troubles psychiques chez les hommes.

Cette discrimination des postes de travail conduit à ce que les facteurs de risques physiques et psychologiques diffèrent chez les hommes et les femmes. Or, ceci est contraire à l'article 5 de notre constitution »

Autrement dit, la division des tâches induit une inégalité entre les hommes et les femmes – inégalité décrétée anticonstitutionnelle. Rien de moins ! Le gouvernement ne pouvait risquer que les partis d'opposition s'emparent de cette affaire. Il fallait fermer les porcheries !

La disparition des porcheries a rendu caduques les menaces olfactives potentielles mais du même coup a disparu le levier dont le gouvernement bordure disposait pour forcer les autorités syldaves à traiter les effluents issus des élevages de poules. Comme on pouvait s'y attendre, la Syldavie a stoppé net le programme de construction des usines de retraitement des déjections des volailles qui, de fait continuent de polluer les eaux du fleuve Prout. Ceux qui pouvaient en douter seront maintenant convaincus de la félonie du gouvernement syldave et de la lâcheté de sa population.

Voilà où nous en sommes en ce mois de février 2002 à l'heure où s'ouvrent au *Domaine Beau Rivage* des discussions en vue de régler définitivement un différend entre deux pays pourtant unis par une même langue et si proches historiquement et culturellement.

De notre envoyé spécial à Perd

Le 20 d'Ikatif du 20/02/2002

Depuis le 19 février 1902, date de la scission de la Bordavie en deux pays indépendants – la Syldavie, à l'Ouest, la Bordurie à l'Est – les relations n'ont jamais été aussi tendues. Parmi les points de dissension, un différend écolo-économique : des élevages de porcs aux odeurs nauséabondes poussées par les vents d'Est dominants ont été implantés à Betch, à deux pas de la frontière Syldave. Leur construction répond à l'accroissement de la consommation de boudin, pâté, jambons, terrines et autres préparations à base de ce cher animal – le cochon dans lequel tout est bon – consécutive à la promulgation par les députés bordures d'une loi arbitraire et particulièrement inique rendant obligatoire pour tout Bordure de plus de 8 ans la consommation quotidienne de Goubirk de porc au riz.

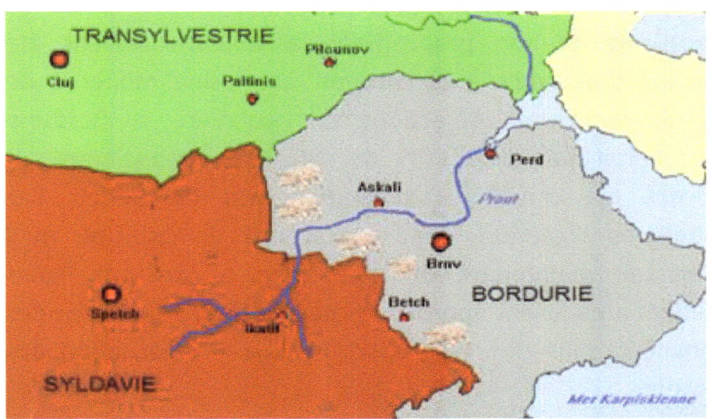

Il suffit de jeter un œil sur une carte de la région pour comprendre combien cette situation est fort mal vécue par nos concitoyens syldaves.

Face à l'ampleur du mécontentement de sa population, le gouvernement syldave ne pouvait rester les bras croisés. En rétorsion il a lancé la construction le long de la frontière syldavo-bordure de gigantesques fermes élevages de volailles dont les fientes rejetées dans les rivières ont fini par polluer les eaux du fleuve Prout qui traverse de part en part la Bordurie.

Dans un premier temps les Ministres de la Recherche et de l'Ecologie des deux pays s'étaient rencontrés à Spetch. Anciens camarades de classe, les deux politiciens entretenaient jusque-là des relations amicales et l'on pouvait s'attendre à ce qu'un compromis se dégage des discussions. Des scientifiques s'étaient déjà emparés du problème et une proposition de solution avaient été définie : la Syldavie construirait une usine moderne de retraitement des déjections des volatiles, la Bordurie installerait des dispositifs de filtration sophistiqués sur toutes les cheminées d'aération des porcheries. Les Ministres signèrent donc un accord de principe qu'il s'agissait maintenant de mettre en œuvre. Les lignes budgétaires furent approuvées par les deux Ministères des Finances, plus rien ne s'opposait à la concrétisation des accords.

C'était sans compter sur l'ASAPaV, Association Syldave des Amis des Poulets et autres Volailles. Ci-dessous quelques extraits du manifeste que cette association diffusa sur son site Internet :

> « *Dans le monde mécanisé de la production de volailles, on a remplacé les basses-cours par des bâtiments clos éclairés aux tubes au néon. Dans ces usines, les poulets - des créatures sensibles et fières - sont traités comme de la marchandise sans respect et sans aucune trace de sentiment pour le fait qu'ils sont des animaux qui vivent et qui respirent.*
>
> *Actuellement, on ne peut pas dire que les méthodes d'élevage des volailles débordent de compassion pour ces animaux. Elles n'ont plus rien à voir avec la basse-cour qui nous vient spontanément à l'esprit lorsque nous évoquons la vie des poulets. Là, dans un environnement naturel, ils passent une grande partie de leur journée à rechercher et à absorber leur nourriture. Ils grattent, picorent et fouillent le sol à la recherche d'asticots, de vers de terre, d'herbe et de larves... Ils ont une vie sociale intense et éprouvent le besoin de vivre en groupe. Une certaine forme de hiérarchie s'établit entre les oiseaux. Ils connaissaient le soleil, le vent et les étoiles, et le coq chantant à l'aube n'est que l'un des nombreux signes de leur profonde harmonie avec les cycles naturels de la lumière et de l'obscurité.*

Dans ces entrepôts sans fenêtres, on constate qu'après environ six semaines, les animaux deviennent agressifs, l'absence de tout exutoire pour les énergies et les pulsions naturelles des poulets entraînent un grand nombre de combats.

Quant aux poules pondeuses, promues machines à œufs, elles s'entassent à plusieurs dans de minuscules cages, incapables de bouger le corps et les ailes. Dans ces immenses alignements, privées de leurs besoins les plus élémentaires de mouvement et de socialisation, les poules souffrent de décalcification des os, de déformations aux pattes, de blessures et de lésions à la peau et au plumage.
Dans ce monde plein d'agitation et de désespoir, l'œuf pondu roule immédiatement hors de la cage, emporté par un tapis roulant, frustrant l'instinct maternel de nidification chez la poule »

Après une telle propagande, plus aucun enfant syldave ne voulait manger les 2 œufs règlementaires ; les mamans n'avaient pas le cœur à les obliger et il n'était pas rare de voir des adultes cacher une larme à la simple vue d'une coquille. La loi fut retirée. Rude coup pour la filière avicole. La disparition des usines à volailles syldaves s'est accompagnée de l'arrêt des rejets de fiente dans le Prout qui a retrouvé progressivement des eaux propres. Mais du même coup a disparu la monnaie d'échange dont le gouvernement syldave disposait pour forcer les autorités bordures à munir les cheminées d'aération des porcheries de dispositifs efficaces de filtration des odeurs. Comme on pouvait s'y attendre, la Bordurie a stoppé net le programme de construction de ces cheminées et les usines d'élevage de porcs continuent d'infester l'atmosphère syldave de leurs odeurs nauséabondes. Ceux qui pouvaient en douter seront maintenant convaincus de la félonie du gouvernement bordure et de la lâcheté de sa population.

Voilà où nous en sommes en ce mois de février 2002 à l'heure où s'ouvrent au *Domaine Beau Rivage* des discussions en vue de régler définitivement un différend entre deux pays pourtant unis par une même langue et si proches historiquement et culturellement.

De notre envoyé spécial à Perd

Le 20 d'Ikatif du 20/03/2003

Une dépêche de notre correspondant local à Lim A Ongl vient de tomber sur nos téléscripteurs. Il s'agit de la traduction d'un article publié il y a un mois dans le magazine scientifique corchinois 小騙子 dont chacun connaît la qualité de la rédaction et la rigueur du comité de lecture. Que disait cet article :

> *« Tous les corchinois infectés par le virus Coplin19 avaient consommé du riz dans la semaine qui précédait ».*

Notre leader Adolf Mullersteingluckbacher a immédiatement demandé au ministre de l'Agriculture Syldave de transformer les plantations de riz en cultures de topinambours. C'est la raison pour laquelle, à la surprise de nos paysans, dès le lendemain les rizières ont été asséchées et dans les champs ont été plantées des racines de topinambours. Le surlendemain le Commissaire au Plan Syldave réunissait l'ensemble des directeurs des usines agro-alimentaires du pays. La décision a été prise de réorienter les silos anciennement affectés à l'élevage des volailles en usines de méthanisation. Quel bel exemple d'anticipation ; chacun sait en effet que le topinambour, par sa capacité carminative, a une sérieuse tendance à provoquer des flatulences. Et quelle belle preuve de l'efficacité de la gouvernance de notre pays. Gloire au Vénérable Adolf Mullersteingluckbacher, notre guide.

Le 10 d'Askali du 10/03/2003

Une dépêche de notre correspondant local à Lim A Ongl vient de tomber sur nos téléscripteurs. Il s'agit de la traduction d'un article publié il y a un mois dans le magazine scientifique corchinois 小騙子 dont chacun connaît la qualité de la rédaction et la rigueur du comité de lecture. Que disait cet article :

« Tous les corchinois infectés par le virus Coplin19 avaient consommé du riz dans la semaine qui précédait ».

Notre leader Karl Slocstuckbeinsky a immédiatement demandé au ministre de l'Agriculture Bordure de transformer les plantations de riz en cultures de topinambours. C'est la raison pour laquelle, à la surprise de nos paysans, dès le lendemain les rizières ont été asséchées et dans les champs ont été plantées des racines de topinambours. Le surlendemain le Commissaire au Plan Bordure réunissait l'ensemble des directeurs des usines agro-alimentaires du pays. La décision a été prise de réorienter les silos anciennement affectés à l'élevage de porcs en usines de méthanisation. Quel bel exemple d'anticipation ; chacun sait en effet que le topinambour, par sa capacité carminative, a une sérieuse tendance à provoquer des flatulences. Et quelle belle preuve de l'efficacité de la gouvernance de notre pays. Gloire au Vénérable Karl Slocstuckbeinsky, notre guide.

La Gazette de Cluj du 20/04/2003

Une dépêche de notre correspondant local à Lim A Ongl vient de tomber sur nos téléscripteurs. L'Agence Corchine Nouvelle vient de publier un démenti à la rumeur qui faisait état d'un lien entre la consommation de riz et la pandémie de Coplin19.

D'après une étude publiée dans la prestigieuse revue scientifique corchinoise 小鼠子 il s'avère que :

> « S'il est vrai que tous les corchinois infectés par le virus Coplin19 avaient consommé dans la semaine qui précédait du riz, il est tout aussi vrai que tous les corchinois qui n'ont pas été infectés par le virus Coplin19 avaient eux-aussi consommé du riz »

L'article se poursuit par :

> « Le riz corchinois sera-t-il enfin mis définitivement hors de cause dans la propagation du virus ? Combien de temps encore la Corchine devra subir de telles campagnes calomnieuses ? Qui avait intérêt à porter préjudice à notre agriculture ? Quelle est la puissance étrangère derrière tout cela ? Suivez notre regard : il pointe vers l'Ouest. On ne dira jamais assez qu'il faut se méfier de ces faux scientifiques à la botte des lobbies occidentaux et que s'il y a une vérité, c'est à l'Orient que vous la trouverez.
>
> *Gloire à notre Vénérable Kim Jin Pingpong »*

On apprend à l'instant que le ministre de la Communication corchinois a eu un accident de voiture. Son véhicule est sorti de la route et a pris feu. Il était accompagné du Directeur de la Télévision et du Rédacteur en Chef de la revue 小騙子. Tous trois ont péri dans l'accident. Une semaine de deuil national a été décrétée pour honorer la mémoire de ces grands serviteurs de la nation corchinoise.

Une des conséquences positives de cette affaire du riz corchinois est que la Syldavie a déclaré qu'elle n'avait pas l'intention de remettre en activité ses fermes avicoles dont les rejets polluaient les eaux du fleuve Prout. La loi imposant la consommation quotidienne d'omelettes au riz va être abrogée. Parallèlement la Bordurie a annoncé qu'elle laissera fermées les fermes porcines dont les effluves infestaient l'air de ses voisins syldaves. La consommation de Goubirk de porc au riz ne sera plus obligatoire. Saluons ces deux dispositions qui augurent du réchauffement tant attendu des relations entre nos deux voisins, la Bordurie et la Syldavie.

Le 10 d'Askali du 10/05/2004

Pÿa Tagluc, un des plus brillants scientifiques Syldaves, Professeur honoraire à l'Université libre de Spetch a disparu. Président du Groupe 12, Section 72 (Epistémologie), 4ème Sous-Section (Versionologie) au Conseil National des Universités, Pÿa Tagluc était invité cette année à Perd, station balnéaire de la Province de Bordurie Orientale, pour participer au 3ème Symposium annuel consacré aux sciences meta, trans et inter disciplinaires. Il devait y présenter le 20 du mois dernier en fin de journée le résultat de ses dernières recherches et comme lors de chacune de ses précédentes apparitions son intervention était attendue avec le plus vif intérêt – pour ne pas dire une grande ferveur – par la communauté scientifique. Le résumé introductif de son discours intitulé « *Créativité, Sérendipité et Versionologie* » qu'il avait fait parvenir au préalable au comité de lecture présageait d'une contribution majeure à la discipline. Nous avons pu obtenir une copie de ce résumé que nous vous livrons ici. Comme toute communication scientifique qui se doit, il est exprimé dans son jargon propre. Nous faisons appel à votre intelligence, cher lecteur, pour en mesurer l'immense portée [2].

« Il peut sembler curieux d'associer dans un même propos des termes aussi métonymiquement antinomiques que peuvent l'être Sérendipité et Versionologie.

---

[2] *(NdlR) : Si vous ne captez rien aux lignes qui suivent, ne vous inquiétez pas. Leur auteur nous a avoué que lui aussi ne comprenait rien à ce charabia !*

Rappelons en effet que la Versionologie, se définit comme la science de la reformulation. Elle s'est progressivement étendue à l'étude des étapes se succédant au cours de la conception d'artéfacts de toute nature (incluant de fait la Brouillonologie en Littérature ainsi que la Palimpsestique et le Repentirologie en Peinture) pour se constituer en une véritable meta-discipline. En tant que modélisation de produits de la modélisation, la Versionologie est donc par nature réflexive.

La Sérendipité, quant à elle, fait écho à la découverte heureuse et fortuite d'une nouveauté, à l'anomalie non anticipée à l'origine d'une avancée significative. Alors que la Sérendipité repose sur le hasard et l'improvisation, la Versionologie s'appuie sur la nécessité et l'anticipation ce qui fera dire à Pierre-Edouard Claverier « Le chaos et la rupture sont à la Sérendipité ce que l'ordre et la discipline sont à la Versionologie ». Il n'empêche, cette contradiction de surface s'efface radicalement si l'on considère par exemple leur place respective dans ce lieu de socialisation de la connaissance qu'est le Web, vaste réservoir d'informations en perpétuelle évolution à la disposition des consciences en éveil. D'opposées ces notions deviennent alors complémentaires pour qui apprend à chercher tout en cherchant à apprendre, ou pour qui se préparant à être surpris ne peut en aucun cas être surpris de l'être ».

> *« Butiner à son rythme, sauter de liens en liens,*
> *Dérouler les menus, cliquer sur un bouton,*
> *Croire en sa liberté, maîtriser son destin,*
> *Mais sous les apparences, agir comme un mouton »*

Il peut sembler tout aussi curieux de rapprocher Créativité (faire volontairement du neuf) et Sérendipité (découvrir accidentellement du déjà existant). Ce serait négliger le caractère imprévisible de la Création et l'état de vigilance active préludant nécessairement à la Sérendipité. [3]

Une application dans le domaine de l'agro-alimentaire – la modification du génome du topinambour – justifiera le bien fondé de notre approche théorique ».

Chacun des participants attendait la suite de cette communication avec impatience. Malheureusement cet après-midi il ne s'est pas présenté à la conférence. Un taxi est venu le chercher au *Domaine Beau Rivage* où il réside durant le Symposium. Ne le voyant pas apparaître le maître d'hôtel a tenté de le joindre par téléphone. Sans succès. Taga Plucy, l'agent de sécurité de l'hôtel est monté frapper à la porte de sa chambre. Silence. Il nous rapporte qu'inquiet, il est alors entré dans la chambre et l'a trouvée vide.

On se perd en conjectures quant à la disparition de ce chercheur syldave dans un hôtel bordure. Espérons qu'elle ne gâchera pas les efforts de réconciliation entre la Bordurie et la Syldavie après tant d'années de tensions extrêmes entre ces deux pays.

De notre envoyé spécial à Perd

---

[3] *(NdlR) : On vous avait prévenu que c'était incompréhensible.*

Le 20 d'Ikatif du 20/11/2011

Alors que certains attendaient la fin du monde pour aujourd'hui 20 novembre 2011, on vient d'apprendre qu'elle était repoussée au 20 décembre de l'an prochain (20/12/2012). Cette rectification émane du Laboratoire d'Ufologie et Alchimie Expérimentales de Brnv. D'après le Professeur Smurf, directeur du LUAE, une mauvaise interprétation du calendrier Maya serait à l'origine de l'erreur. Grâce à cette rectification, l'humanité a gagné un an de survie !

Une information circulait depuis des mois déjà, information selon laquelle le Pic de Rach Buga situé en Transylvestrie serait un de ces rares lieux sur terre à être épargnés de l'Apocalypse. Depuis, on prête à ce site en pleine terre Cathartique une attention particulière.

Pour certains, le lieu serait magnétique. Son Pic, fruit d'une formation géologique singulière, dissimulerait un vortex qui permettrait de passer dans une autre dimension et de traverser le Temps. Pour d'autres, il serait un terreau favorable à la légende du village sauvé le jour de l'Apocalypse. La proximité de Castelov-Rennievsky et de ses richesses ajoute au mystère, tandis que le renouveau de la mythologie Cathartique enrobe la région d'une forme de mysticisme.

En tout cas, ce qui est sûr, c'est que le topinambour s'accommode fort bien de ce sol riche en oligo-éléments et va permettre à la Transylvestrie, actuellement 3ème

producteur mondial de cette légumineuse, de rattraper son retard vis à vis de ses voisines bordures et syldaves.

D'après T. Tingot, anthropologue, Rach Buga aurait une réputation ufologique. *« Plusieurs soucoupes volantes y auraient été répertoriées dans les années 70-80 »*. Mais si le Pic de Rach Buga attire et fascine, c'est surtout pour sa dimension énergétique tellurique. Ainsi, S. Norris, installée depuis de nombreuses années à Rach Buga, ressent que l'endroit est « *un lieu magique. Il y a du sacré dans cette montagne, du sacré qui est resté intact* » D'après P. Steinburenschtrucmoskil, alchimiste, le Pic « *est un lieu naturellement extraordinaire* » Selon lui, « *il y a des choses qui se passent sur ce mont, c'est indéniable. Quand on y marche, on sent vibrer la matière. Des endroits où on ne peut faire autrement que s'asseoir pendant des heures et se laisser pénétrer par des entités venues des entrailles de la Terre. Des endroits où le temps ne s'écoule pas comme ailleurs* ».

Nombreux sont ceux qui viennent sur le mont se balader dans ses gorges et ses trous, explorer ses cavernes, ou communier avec son énergie. Seraient-ils en quête de la clef qui leur permettrait de réaliser cette expérience intérieure ? Pour J. River, cela ne fait pas de doute : « *dans des lieux sources comme celui-ci, on doit pouvoir être réinformés, réinitiés, reconstruits ; on doit pouvoir communier avec l'âme du cosmos. Rach Buga est un lieu de fusion entre l'âme et la matière* ». Bref, à Rach Buga, l'ésotérisme est roi.

La perspective d'une fin du monde dans les semaines à venir annoncée par les tenants de l'Apocalypse avait inquiété les autorités locales du District de Rach Buga. Elles redoutaient de voir débarquer des foules de pèlerins qui, venus des quatre coins de l'Europe vers cette montagne, lieu de mythes et de mystères propagés à travers les âges, mais surtout lieu potentiellement épargné, risquaient de piétiner les champs de culture de topinambours. C'est peu dire que ces énergumènes n'étaient pas en odeur de sainteté aux nez des agriculteurs transylvestres.

Afin de dissuader un éventuel afflux d'illuminés qui seraient tentés d'y trouver refuge, le Bourgmestre du village avait pris un arrêté *interdisant le camping sauvage et l'accès au Pic et à ses galeries souterraines du 1er au 21 novembre 2011* arguant à juste titre qu'il était inutile de prolonger l'interdiction au-delà de la fin du monde.

La rectification du Laboratoire LUAE est venue à point nommé pour soulager les forces de police ainsi que les employés municipaux du District de Rach Buga qui ont remisé les barrières mobiles et les panneaux d'interdiction dans les entrepôts communaux jusqu'à l'annonce d'une prochaine fin du monde. Les producteurs transylvestres de topinambour respirent.

De notre envoyé spécial à Rach Buga

Paule :
 Et voilà. Fin de la première partie.
Catherine :
 Tu nous as mis l'eau à la bouche. S'il te plait, Paule, lis-nous la suite ...
Paule :
 Ok. Deuxième partie. Nous sommes dix ans plus tard...

L'AFFAIRE TOPINAMBOUR
Partie II : Une semaine à Perd

Lundi 08/02/2021 – 11h00

Atal & Pyla

De nombreux sites de notre planète nous questionnent. Lieux de ressourcement magnétique, de quête alchimique, ou portails vers d'autres dimensions ? Ces lieux magiques sont loin de nous avoir révélé tous leurs mystères ...

Chaque mois nous consacrons un dossier spécial du '20 d'Ikatif' dédié aux phénomènes observés en des localités particulières de notre planète. Pour chacune d'elles nous nous livrons à des études historiques, géologiques, ethnologiques approfondies, parcourant des milliers de pages d'anciens manuscrits et de rapports publiés dans les plus prestigieuses revues scientifiques. Nous nous rendons sur place, fouillons les lieux d'où nous ramenons des échantillons de pierres surprenantes, nous recueillons des témoignages que nous vous livrons in extenso.

Ces dossiers, fruits de longues recherches, vous offrent des bases de réflexion qui vous permettront de vous forger votre opinion. Réalité, Fantasmes, Affabulations, Tromperies, ce sera alors à vous d'en juger.

– C'est par ces paragraphes que débute chacun des dossiers spéciaux du *'20 d'Ikatif'* que nous dédions aux lieux extraordinaires de notre planète. Avec cette introduction commune à chaque dossier, nous accrochons l'attention du lecteur tout en installant un cadre rituel familier. Nous le fidélisons. Nous le mettons en confiance, lui communiquant un sentiment de confort et de connivence. On frappe à la porte de son esprit et il ouvre sans crainte, sachant que celui qui va entrer va le surprendre sans agressivité.

– C'est astucieux !

– Une photo accompagne ensuite la présentation du lieu du mois. En l'occurrence, le 3ème dossier spécial était consacré au Pic de Rach Buga en Transylvestrie.

L'article se poursuivait ainsi :

C'est à la mi-novembre 2011 que je me suis rendu pour la première fois à Rach Buga. Souvenez-vous : la fin du monde était prévue pour le 20 novembre de cette année-là et le Pic de Rach Buga était supposé être épargné par cette catastrophe planétaire. Des tenants de théories apocalyptiques y côtoyaient des croyants en des mondes parallèles, des adeptes de la transmutation des métaux ou des complotistes en tout genre. Certains attendaient le Messie, d'autres des petits hommes verts et étaient prêts à embarquer avec eux dans des soucoupes volantes et traverser le temps et l'espace. D'autres enfin n'attendaient rien et voulant seulement être aux premières loges pour voir le monde autour d'eux imploser, ou exploser c'est selon, en tout cas disparaître. Les plus farceurs d'entre eux se gavaient de grains de maïs, histoire de mettre une ambiance popcornesque au moment le plus chaud de la crémation annoncée.

La fin du monde était initialement prévue pour ce 20/11/2011. Vous noterez que l'interprétation de cette date est un véritable contresens avec un quelconque cataclysme. La répétition de ses chiffres constitutifs 2011 | 2011 | … en font une date dite 'cyclique', qui est plutôt la marque d'un renouvellement, d'une régénération et non celle d'un achèvement, d'une fin. C'est certainement la raison pour laquelle je ne croyais pas davantage à la nouvelle prévision annoncée par le Professeur Smurf. Reporter la fin du monde du 20/11/2011 au 20/12/2012, autre date cyclique, n'avait pas plus de pertinence. Dieu merci, il n'y a que douze mois dans une année : cela nous a épargné un nouveau faux départ au 20/13/2013.

Malgré tout, par curiosité, je suis retourné en décembre 2012 au Rach Buga. J'y ai retrouvé les mêmes participants : d'un côté les autorités de police qui bloquaient l'accès au site, de l'autre les manifestants leur faisant face et entre les deux des journalistes. Comme vous vous en doutez, le 21 décembre tout ce beau monde était encore vivant. Il fallait en trouver l'explication, et chacun y allait de la sienne.

« C'est grâce à nous que vous êtes vivants » disaient les monothéistes de tous poils. « Nous avons

prié et nos prières ont été exaucées. Dieu nous a entendus. Nous avons sauvé l'Humanité ». Raisonnement irrationnel vous en conviendrez, mais acceptable pour ceux qui confondent coïncidence et causalité.

Ce raisonnement fut contredit immédiatement par ceux, tout autant irrationnels que les précédents, qui justifiaient notre survie à une bête erreur de calendrier. Il faut savoir en effet que le 20/12/2012 avait été choisi par une secte millénariste, les Zeptik, pour laquelle cette date correspondait à la fin d'un cycle du calendrier lunaire méso-américain Tzolk'in. Cela faisait doucement rigoler les tenants du calendrier solaire Maya Haab, qui fixait quant à lui la fin du monde au 31 aout 8013. 31/08/8013, date palindromatique. Ils s'étaient déplacés en nombre au Pic de Rach Buga pour recruter de nouveaux adeptes qui, pensaient-ils, déçus par les mensonges du Vénérable Maître Lafosse – le gourou des Zeptik – quitteraient cette secte pour venir les rejoindre.

Ce qu'ils n'avaient pas envisagé, c'est que d'autres sectes qui se basaient sur d'autres calendriers que le leur avaient eu la même idée. Cette bataille entre les adeptes des deux calendriers Maya amusait les tenants des calendriers Runique, Métonique, Rapanui, Igbo, Essenien, Etrusque, Rumi, Pawukon sans oublier le Cémoikidivré et le Amazigh et Puce. Résultat : une grande confusion régnait parmi les millénaristes.

Quelques voix tentèrent de calmer l'assemblée en proposant une solution simple : si la date de 20/12/2012 n'était pas la bonne, c'est que la correction de 11 jours entre le calendrier julien et le calendrier grégorien n'avait pas été appliquée. Aussi proposèrent-ils de rester sur place durant 11 jours supplémentaires, ce qui allait conduire tout ce beau monde à patienter jusqu'à la fin de l'année. Si la fin du monde pouvait arriver au 12ème coup de minuit du 31 décembre, quel pied, les amis. Pas besoin de feu d'artifice.

La proposition fut adoptée sous un tonnerre de hourras.

Les autorités administratives, prévenues du report de la fin du monde rédigèrent sur le champ un nouvel arrêté « interdisant toute réunion et l'accès au Pic et à ses galeries souterraines jusqu'au 2 janvier 2013.

Je suis donc resté à Rach Buga jusqu'au 1er janvier 2013. Ce jour-là, pas de fin du monde – nous sommes tous là pour en témoigner. Il avait neigé durant la semaine et le Pic était couvert d'une fine couche blanche. L'air était pur, tout était calme, incitant les esprits à une paix salutaire et à une réflexion sereine. Mon article se poursuivait par :

Pas d'erreur de calendrier, pas de décalage de dates julien/grégorien, les participants devaient trouver une autre explication à la poursuite de nos existences et surtout, surtout, programmer une nouvelle date pour la future fin du monde. De nouvelles hypothèses furent émises avant que le choix ne se porte sur une date palindromatique, caractéristique plus en accord avec l'ultime catastrophe. Il restait cependant à choisir laquelle parmi les candidates potentielles. Serait-ce le 02/02/2020, le 12/02/2021, le 22/02/2022, le 03/02/2030, le 13/02/2031 ou le 23/02/2032 ? Les dates de la décade suivante avaient été immédiatement exclues car d'un horizon trop éloigné : c'eut été dommage en effet que certains membres de l'assistance, déjà âgés, meurent avant de profiter de la fin du monde. Le recours à la 'Meta-Guématrie inversée' permit d'éliminer les 12/02/2021, 03/02/2030, 13/02/2031 et 23/02/2032. Un vote à mains levées fut organisé et la balance pencha pour le 22 février 2022.

Chacun est alors rentré chez soi dans le plus grand calme en se donnant rendez-vous dans 10 ans. Que Dieu nous prête vie d'ici là.

Puis l'article se concluait par le traditionnel :

En attendant, rendez-vous au prochain numéro du '20 d'Ikatif'

– La fin du monde est pile pour dans un an. Cela vous laisse le temps de préparer le prochain dossier spécial. Excusez-moi, mais n'est-ce pas un vaisseau spatial que l'on aperçoit sur la photo du Pic Rach Buga ?

– Oui, en effet. La ligne éditoriale du '*20 d'Ikatif*' est claire : si on ne doit rien cacher de ce que l'on apprend lors de nos investigations, en revanche rien ne nous empêche d'en rajouter une pincée, histoire de pimenter le récit. Par exemple, dans le précédent dossier spécial, celui du mystère de la plaine de la Shastacolinadellaformica située en Mexicanie, j'avoue que les Indiens Chicanos qui avaient témoigné étaient sous l'emprise conjuguée de boissons alcoolisées et d'une préparation à base de champignons hallucinogènes. Du coup, leur récit totalement farfelu et incompréhensible a dû être réécrit totalement. Au '20 d'Ikatif' on ne triche pas, on embellit. Le lecteur veut du sensationnel, on lui en donne. Vous connaissez la devise de notre revue ? « *Au 20 d'Ikatif on est inventif* » ! Bien trouvé, non ?

– Cela ne nous dit pas pourquoi vous êtes aujourd'hui ici, au *Domaine Beau Rivage*.

– J'avais déjà eu l'occasion de me rendre à Perd en 2002. Un déplacement professionnel dans le cadre d'un reportage sur les négociations Bordo-Syldaves du 20 février 2002. Notez la date : 20/02/2002. Date à la fois cyclique et palindromatique !

– J'y étais également pour la même raison et j'avais écrit un papier pour le '10 d'Askali', la revue dont la devise est « *Au 10 d'Askali, la vérité est établie* ».

Contrairement à vous, nous nous revendiquons d'une certaine honnêteté. On avait hésité avec « *Au 10 d'Askali, pas d'écholalie* », mais comme on n'était pas sûrs de pouvoir s'y conformer, on a choisi « *Au 10 d'Askali, la vérité est établie* ».

– Mais nous aussi, nous sommes honnêtes ! Nous ne trompons pas nos lecteurs sur la marchandise. Notre devise annonce la couleur, et on s'y tient : la vérité n'est pas ce que l'on recherche.

Ce n'est pas comme le journal *'Le Progrès'*, quotidien corchinois dont la maxime est « *Si c'est vrai, c'est dans le Progrès* ». Fichue tromperie ! Mystification ! Impossible à respecter.

Si c'est vrai, c'est dans...
LE PROGRES

– Comment ça ?

– Si la maxime du Progrès était : « *Si c'est dans le Progrès, c'est que c'est vrai* », maxime vertueuse équivalente à celle du '*10 d'Askali*', il n'y aurait pas de problème. Ce serait la marque de la volonté de la Direction de vérifier les faits avant de les diffuser. Mais non, la maxime est : « *Si c'est vrai, c'est dans le Progrès* » et ça fait une sacrée différence.

Tenez, avant-hier, j'ai eu une rage de dents – ce qui est un fait vrai, j'en atteste – et bien, '*Le Progrès*' d'hier ne l'a pas relaté. Bon, vous me direz, ma santé n'intéresse pas forcément le lecteur. La maxime du progrès devrait donc être « *Si c'est vrai et important, c'est dans le Progrès* ». Supposons que je sois le Président auto-élu de la République Démocratique de Corchine. '*Le Progrès*' aura nécessairement relaté hier ma rage de dents d'avant-hier. Mais ce faisant, l'article d'hier relatant ma rage de dents d'avant-hier constitue un fait vrai qui s'est passé hier et qui, selon la maxime, doit être relaté aujourd'hui. Et du coup, l'article d'aujourd'hui qui relate qu'hier '*Le Progrès*' a relaté ma rage de dents d'avant-hier sera un fait tout aussi vrai qu'il faudra relater demain … Et ainsi de suite.

Vous comprenez pourquoi, « *Si c'est vrai, c'est dans le Progrès* » est un slogan mensonger.

– Je suis d'accord avec vous. Mais revenons à nos moutons ! J'ai eu l'occasion de revenir à Perd le 20 avril 2004 lors de la disparition du Professeur Pÿa Tagluc.

– Quelle coïncidence ! On aurait pu s'y croiser à nouveau. Vous avez noté ? Le 20/04/2004 est une date cyclique ! Curieux n'est-ce pas que nous nous soyons trouvés à deux reprises au même endroit et à des dates particulièrement singulières.

Et si, de plus, on se fie au reportage sur la fin du monde avortée au Pic Rach Buga, et aux discussions sur le choix de la date du futur cataclysme qui allait entraîner la Terre et ses habitants dans le néant, qu'observe-t-on ? Les dates candidates étaient toutes des dates palindromatiques.

Vous connaissez la ligne directrice des journalistes du *20*. Elle se résume en « 3C » : Curiosité, Cohérence, Créativité.

– Oui. Il s'agit d'une approche semblable à celle de la démarche scientifique OMT : O pour Observation, M pour l'élaboration d'un Modèle explicatif et T pour Test sur de nouvelles données. Soit le modèle résiste et on le conserve jusqu'à une réfutation ultérieure, soit l'expérience le contredit et il faut trouver autre chose.

– Si vous voulez. Bref, les caractéristiques communes de ces dates ont allumé la lueur du premier C, celui de Curiosité. Quand j'ai appris que Piotr IX avait disparu le 18/02/1802 – date cyclique – lors de la prise du Palais d'été durant l'insurrection des généraux Bordaves, puis quand je me suis remémoré que la scission de la Bordavie en Bordurie et Syldavie datait du 19/02/1902, que la chute du régime communiste Bordure avait eu lieu le 20/01/2001, que le traité de paix entre la Bordurie et la Syldavie avait été définitivement signé le 20/03/2003 – autres dates cycliques – c'est le deuxième C, celui de Cohérence qui s'est enflammé. Le troisième C, celui de la Créativité, de la Construction, m'a poussé naturellement à concrétiser mon hypothèse selon laquelle le *Domaine Beau Rivage* présente toutes les caractéristiques d'un lieu susceptible de mériter un dossier spécial du '*20 d'Ikatif*'. J'ai contacté Puyg Tacal, le propriétaire du Domaine. Réticent au début, il a vite mesuré l'impact de la publicité et par conséquent l'intérêt commercial que pourrait apporter un dossier consacré à sa propriété. Il restait une place disponible à son stage d'écriture ; je m'y suis inscrit sur le champ. Voilà, vous savez tout de la raison de ma présence ici.

– Je comprends mieux maintenant. Donc vous en êtes au 2ème C de votre démarche : celui de l'élaboration de l'hypothèse selon laquelle le *Domaine de Beau Rivage* présente des caractéristiques spatio-temporelles particulières. Et il vous reste à la valider par le 3ème C, celui de la preuve. Pour cela, vous vous attendez à ce qu'il se passe quelque chose d'extraordinaire, le palindromatique vendredi prochain, 12/02/2021 !

– Oui, enfin, pour être précis, ce sont mes lecteurs qui attendent. Je ne suis là que pour leur rapporter les faits, …, ou les inventer. Mais vous, dites-moi, quel est le motif de votre présence à ce stage ?

– Ce n'est pas pour une question de dates. Ni pour un article du '*10 d'Askali*'. Non, je suis là pour poursuivre l'enquête sur la disparition du Professeur Pÿa Tagluc. C'est notre hôte Puyg Tacal qui me l'a demandé. *« Vous explorez toutes les pistes, même les plus farfelues. Je me fie à votre sens de l'observation, à votre intuition et à votre imagination. J'ai demandé à Taga de se tenir à votre disposition »* m'a-t-il dit.

J'ai accepté, naturellement. Une semaine dans ce lieu magnifique aux frais de la princesse, ça ne se refuse pas. Dès demain je vais interroger Taga qui était présent ici à cette époque.

– Tiens, n'est-ce pas la cloche que l'on entend sonner ? C'est l'heure du diner. Allons déguster les plats que Lucy nous a mitonnés voulez-vous.

– Bien volontiers. Savez-vous ce qu'il y a au menu ?

– En entrée du topinambour en salade puis un gratin de topinambour à la truffe accompagné de pointes d'asperges à la sauce hollandaise, le tout arrosé d'un vin jaune du Jura. En dessert, une tarte au topinambour. Un vrai festin !

Journal de Paula – Vendredi 5 février 2021

– Habituellement, tous les matins au réveil il fait des étirements devant sa fenêtre mais ce matin les volets étaient restés clos. Il a dû se lever tôt et partir s'oxygéner dehors. Le parc est si beau en cette période me suis-je dis. Vous savez, il peut rester des heures assis devant le clavier de son ordinateur. Comme tout grand auteur je suppose, il n'a pas d'heure pour travailler. De nuit comme de jour. « Quand l'inspiration est là, il ne faut pas lui laisser l'occasion de s'échapper » répète-t-il.

– Quel genre d'homme est-il ?

– Charmant, toujours courtois.

– Il vit seul ?

– Non. Avec Monsieur Slip

– Monsieur Slip ?

– Son chat. C'est moi qui lui ai donné ce nom. Un chat tout noir avec une tache blanche entre les pattes arrière et qui remonte vers son ventre. On dirait qu'il porte un slip. Cela a fort amusé Monsieur T. ; et puis cela sonne un peu comme Slup, le nom de sa ville natale en Portagne. Les écrivains ont souvent un chat, vous savez.

– Un solitaire …

– Pour ça, oui ! Il ne sort que rarement. Hormis Lucy qui lui fait son ménage et moi qui lui fais l'entretien du jardin et des menus travaux dans la maison, personne ne vient troubler sa tranquillité ! Il ne reçoit aucun invité dans sa propriété à l'exception des stagiaires qui une fois par an participent durant une semaine à sa Master-Class de littérature. On ne peut pourtant pas dire qu'il n'aime pas le contact des autres. Pas du tout. Quand Lucy vient faire son ménage il arrête de travailler pour discuter avec elle.

D'ailleurs, cela la gêne de l'avoir dans les jambes pendant qu'elle prépare le repas ou fait son repassage. Cela lui fait perdre son temps, c'est pour cela que le ménage dure aussi longtemps. La dernière fois que je suis entré chez lui, c'était pour lui réparer une fuite à la chasse d'eau. Une fois fait, il m'a proposé de prendre un café. Une heure après j'étais encore chez lui. Il m'interrogeait sur tout ... Cela me donne des idées pour mes prochains romans m'a-t-il dit.
– Venons-en au fait, voulez-vous. Ce n'est pas pour cela que vous avez appelé la police, non ?
– Voilà, j'y viens. Bon, et bien ce matin, comme tous les matins, Lucy a frappé à sa porte pour le ménage. C'est toujours ce qu'elle fait, bien qu'elle possède la clé de son logement. Aucun signe, aucun bruit. Elle a ouvert la porte et ...

« Bien. Voilà le début d'une histoire. Je propose à chacune et chacun d'entre vous un exercice, un 'devoir de vacances' en quelque sorte : poursuivre ou adapter ce récit. Vous pouvez simplement la reprendre tel quel et lui donner une suite. Vous pouvez également le transposer, l'inclure dans une autre histoire, ... Pas de contrainte de style. Seul le temps est imposé : vous n'y consacrez qu'une journée. En fin de semaine nous aurons le plaisir de partager vos productions par une lecture commune. Voyez cela comme un exercice d'improvisation. Soyez spontanés. Laissez-vous porter par votre imagination. Ce que je vous demande, en revanche, c'est de garder par écrit vos brouillons. L'écriture n'est pas un chemin linéaire, vous le savez tous, ... Les ratures et autres repentirs en disent autant sur l'auteur que le résultat final. On y devine les essais infructueux, l'échec des intentions, les tentatives avortées, les errances, les doutes et incertitudes, les libertés brimées par les préjugés, les entraves de la bien-pensance ... Au cours du stage j'aurai l'occasion de vous

parler de la Génétique textuelle, appelée communément Brouillonologie, discipline théorisée par le Professeur Pÿa Tagluc de l'Université de Spetch. Sans entrer dans le détail, la Brouillonologie est aux textes ce que l'Etymologie est aux mots. Cela devrait intéresser les adeptes de l'écriture que vous êtes.
Cet exercice imposé sera un moyen pour vous de vous échauffer avant que vous ne vous atteliez à votre propre projet. Choisissez le lieu qui vous convient le mieux : votre chambre, la bibliothèque, le parc, la pinède, la plage... Je serai à votre disposition et passerai parmi vous si vous le désirez. »

C'est ainsi que cette aventure a commencé. Sur les conseils de mon amie Caty, je m'étais inscrite à cette Master-class d'écriture. Elle y participait depuis déjà quelques années et pour rien au monde elle n'aurait manqué ce rendez-vous rituel de février. C'était pour elle comme un bain de jouvence et elle en revenait épanouie tous les ans. Elle m'en avait vanté les mérites de nombreuses fois : *le lieu est magique ... un cadre très inspirant ... Puyg, notre hôte et maître de stage, à l'écoute de chaque participant, sans complaisance mais ce n'est pas ce que l'on vient chercher n'est-ce pas, il analyse ton style, te guide par des exercices appropriés pour t'aider à trouver ta voie. Paula, tu devrais essayer.*

J'ai toujours aimé écrire. A 12 ans j'ai commencé à tenir un journal intime. Il était un confident fidèle, attentif, respectueux et ... muet. J'y racontais les petits bonheurs (mon premier baiser sur la bouche avec

Grégory devant Julie folle de jalousie, …) et les grands malheurs (Grégory et cette garce de Julie main dans la main durant la récréation) qui émaillaient ma vie d'adolescente. Je collais des fleurs séchées, des photos d'animaux (essentiellement des poulains et des chatons) ou d'artistes de variété (uniquement des garçons). Je suis sûre aujourd'hui que ce journal ressemblait trait pour trait à celui de toutes les filles de mon âge. Pourtant je le remplissais de « *il n'y a qu'à moi que ça arrive* » quand une catastrophe me tombait dessus ou encore de « *ce n'est pas à moi que ça arriverait* » ou de « *il n'y a qu'aux autres que ça arrive* » quand la chance souriait à une copine de classe. Il me manquait certainement un peu de lucidité dans l'analyse de mon sort, mais ce que mes écrits perdaient en objectivité était compensé par de l'émotion, du charnel, de l'incarné. Et puis, le résultat me semblait littérairement plus intéressant.

Je me souviens d'un jour où, me plaignant une fois de plus, mon frère m'avait dit : « *Si tu penses que cette chose n'arrive qu'à toi, dis-toi que tous les autres pourraient se plaindre qu'il n'y a qu'à toi et pas à eux que cette chose n'arrive qu'à toi* » Un instant de réflexion, puis il reprit « *Et si tu penses qu'il n'y a qu'aux autres que quelque chose arrive, dis-toi qu'il n'y a qu'à toi qu'il arrive que ce quelque chose qui n'arrive qu'aux autres n'arrive qu'à toi* » Boum. Circulez, il n'y a rien à voir. Mon frère n'est pas romantique !

Bref, j'ai continué à confier à mon journal mes secrets d'enfants puis mes sentiments d'adultes, mes opinions sur tels ou tels faits sociaux ou politiques. Je collais des photos ou des articles de journaux qui m'avaient marquée. Ce journal intime est devenu au cours du temps le récit des émotions d'une femme soumise à l'aléa des petits et grands événements de l'histoire contemporaine. *Pourquoi ne pas le partager ?* Cette idée avait germé dans mon esprit il y a longtemps déjà : reprendre l'ensemble des volumes que j'avais griffonnés et en faire un ouvrage, un roman à la Elena Ferrante. Trop pudique pour dévoiler ma vie au grand jour, j'avais abandonné l'idée d'une autobiographie. Se raconter, s'exposer aux regards des autres, un confessionnal sans le secret professionnel du prêtre, très peu pour moi. En revanche, traiter la vie d'une contemporaine dont le parcours est fait de choix assumés (en l'occurrence les miens) soumis aux secousses chaotiques de l'actualité et du destin (le mien) restait un projet à l'ordre du jour. Le personnage n'en serait pas moi, mais sa vie serait fortement inspirée de la mienne.

Cependant, entre griffonner des pages de mes aventures du quotidien et écrire un roman structuré, il y a un monde. L'invitation de Caty servit de déclencheur. J'avais pu observer les évolutions dans son écriture depuis qu'elle participait à cette Master-Class. Le dernier livre qu'elle avait publié était un petit bijou. Ce qui avait marché pour elle devait marcher pour moi. Ce stage allait m'apporter la confiance nécessaire pour me lancer dans la rédaction de mon ouvrage. Je pris mon téléphone et, me recommandant de Caty, réussis à obtenir une place au stage du mois de février suivant.

Caty est passée me prendre à la gare et nous avons fait le chemin ensemble dans sa Studebaker, modèle Golden Hawk 1958.

« Le quart de mon à-valoir sur mon prochain roman » me dit-elle d'un ton amusé. *« Rose comme celle de Joséphine Baker, j'adore cette femme »*

Catherine :
Paule, tu as glissé une anacoluthe ! Bravo !

La route traversait des champs qui s'étendaient à perte de vue. *« Culture de topinambours »* me dit Caty. *« La Bordurie et la Syldavie se battent pour en être le premier producteur mondial ! »*

Durant le trajet elle n'eut de cesse de me décrire l'endroit où nous allions passer une semaine de rêve, le parc entourant la demeure, la pinède qui s'achevait par une pente douce sur une plage de sable blanc, la mer, la tranquillité propice à l'imagination, le contact avec d'autres stagiaires venus d'horizons si différents des nôtres et avec qui les échanges étaient si enrichissants, le charisme de notre hôte Pyug – dont il est si facile de tomber amoureuse – ... enfin, tout était merveilleux !

Caty a stoppé la voiture devant une immense grille en fer forgé. Après avoir quitté une route départementale, nous avions parcouru sur plusieurs centaines de mètres un chemin que longeait un imposant mur d'enceinte. Elle s'est présentée à l'interphone et aussitôt la grille s'est ouverte. Le chemin se poursuivait maintenant entre deux rangées de pins sylvestres et débouchait sur une large esplanade. Sur le côté un abri à voitures dans lequel étaient déjà parqués plusieurs véhicules et face à nous une bâtisse imposante, *la demeure*.

— Nous voilà arrivées. Alors ? Qu'en penses-tu ? dit Caty.

Je suis surprise. Une étrange impression me parcourt, un sentiment particulier fait de stupéfaction et d'inquiétude. Je ne suis jamais venue au *Domaine Beau Rivage*, et pourtant je connais cette bâtisse. Elle m'est familière, comme si j'y avais vécu. Dans un autre temps, dans une autre vie ?

Je suis troublée mais je retiens l'envie de partager cette sensation et réponds à Caty :

— Superbe !

— Je ne t'ai pas dit, mais c'est Piotr IX, le dernier roi de Bordavie qui en a dirigé la construction. C'était il y a environ deux cents ans, bien avant que la Bordavie ne soit partagée en Bordurie à l'est et Syldavie à l'ouest à l'issue de la guerre des Balkouilles. Piotr IX pensait en faire sa résidence d'été. Il n'a pas eu le temps d'en profiter. Des mouvements sociaux fomentés par les syndicats étaient monnaie courante, le plus souvent réprimés par l'armée. Jusqu'au jour où ce sont les généraux eux-mêmes qui les ont pilotés. Le jour même de l'inauguration, le 18 février 1802 une insurrection a éclaté dans tout le pays. En apprenant que la révolution était lancée, les travailleurs qui avaient participé à la construction du palais royal ont pénétré dans la propriété. Les quelques gardes ont été rapidement neutralisés par les envahisseurs. Ce fut la panique parmi les invités. Après avoir dévoré les petits fours et s'être enivrés, les sauvages ont commis les pires turpitudes, tuant par ci, violant par là. La troupe qui avait été prévenue a encerclé le bâtiment. Le siège a duré une journée. Quand les soldats ont pénétré dans les lieux ils ont pu mesurer les atrocités qu'avaient subies les convives. Aucun n'avait survécu. Le plus étonnant de l'histoire, c'est que l'on n'a pas retrouvé le corps de Piotr IX parmi les victimes. Et encore plus étrange, il ne restait plus aucun assaillant ; ils s'étaient littéralement volatilisés, comme aspirés dans un vortex spatio-temporel.

Par la suite la propriété a servi de clinique puis de maison de repos pour les officiers de l'armée bordave. Un siècle plus tard, après la scission de la Bordavie et l'instauration de la République Démocratique et Populaire de Bordurie, la propriété fut transformée en maison de vacances pour les dignitaires du PTB, Parti des Travailleurs Bordures. A la chute du régime, le 20 janvier 2001, la propriété a été revendue pour une bouchée de pain à un promoteur immobilier, ami du président. Celui-ci l'a transformée aux frais de l'état en un hôtel de luxe, l'hôtel *Transcontinental*, puis l'a revendu, empochant au passage une confortable plus-value, à un de tes compatriotes portagnols, notre hôte Puyg Tacal, l'auteur de romans policiers tombé amoureux de ce pays, de son littoral sauvage et de cette demeure. L'hôtel a été débaptisé à cette occasion et s'appelle désormais *Domaine Beau Rivage*.

Pour la petite histoire, c'est là où se sont tenues les négociations entre La Bordurie et la Syldavie, achevées dans un premier temps par un pacte de non-agression puis par un traité de coopération économique et militaire. Aujourd'hui on peut dire que le conflit entre ces deux pays fait partie de l'histoire ancienne.

Voilà Paula l'histoire de ce site remarquable dans lequel nous allons passer une semaine de rêve.

Pendant son exposé j'ai repris mes esprits et le trouble qui m'avait envahie s'est dissipé. Aucun des faits ayant émaillé l'histoire mouvementée de cette bâtisse ne m'est familier et ne rappelle d'une façon ou d'une autre un quelconque événement de ma propre existence. J'ai dû le rêver. Mon imagination, une fois de plus, m'avait joué un tour.

– Bonjour Taga.

– Bonjour Madame Caty. Heureux de vous revoir. Avez-vous fait un bon voyage ? Puis-je vous aider à décharger vos bagages ?

Un homme s'était approché de nous. Athlétique, tiré à quatre épingles. « *Tout du légionnaire* » me dis-je.

– Paula, je te présente Taga. Il est, comment dire, ... l'homme à tout faire ici. Il travaille ici depuis vingt ans et connait tous les secrets de la maison. Si tu as besoin de quoi que ce soit, tu t'adresses à lui.

– Taga, je vous présente Paula Cytg, mon amie. C'est sa première participation au stage. Soyez aux petits soins pour elle, s'il vous plait ! poursuit Caty, accompagnant sa fausse requête d'une œillade malicieuse à laquelle le *légionnaire* répond par un sourire gêné.

— Madame Gulpa, pouvez-vous me confier vos clefs de voiture, s'il vous plait. Vous n'en aurez pas besoin durant la semaine. Les règles n'ont pas changé : vous êtes nos prisonnières, votre sort est entre nos mains ! Je m'occuperai de déposer vos bagages dans vos chambres.

Caty lui tend son trousseau de clefs. Il ouvre le coffre, prend une valise dans chaque main et le chemin de l'hôtel.

Catherine :
Et un zeugma ! Félicitations, Paule !

Pendant ce temps Caty s'est tournée vers un homme venant à notre rencontre, bel homme, style gentleman-farmer, la cinquantaine épanouie.

— Oh ! Puyg ! Quel plaisir de se retrouver. Un an déjà !
— Le plaisir est pour moi Caty.

Un instant. Il fait un pas en arrière, fait mine d'inspecter mon amie de pieds en cap, fronce les sourcils.

— Vous êtes magnifique Caty !
— Toujours aussi charmeur ! Paula, voici notre hôte, Puyg Tacal. Puyg, je vous présente mon amie Paula Cytg.
— Enchanté Paula. Venez, je vais faire les présentations. Les autres stagiaires sont arrivés ; nous n'attendions plus que vous.

Nous nous dirigeons vers le bâtiment principal. Sous un chapiteau tendu d'une toile blanche se tiennent trois personnes : une femme entre deux âges, enfin plutôt plus près du second que du premier, un homme jeune, quarante ans, et un homme d'un âge avancé si l'on se fie à ses rides et à sa calvitie prononcée. Une table est dressée, garnie de petits fours et de carafes de jus de topinambour.

– Chers amis, soyez les bienvenus au *Domaine Beau Rivage*. Je tiens tout d'abord à vous remercier pour la confiance que vous m'avez accordée, une fois de plus, en vous inscrivant à cette semaine de stage. J'espère que vous en tirerez le plus grand bénéfice. Vous voyez, je n'emploie pas le terme de *Master-Class.* Ici il n'y a ni professeur ni étudiants. Il n'y a pas un professionnel face à des amateurs tant je sais que parmi vous il y a déjà des professionnels de l'écriture. Et puis, ne sommes-nous pas, vous comme moi, des amateurs. Des amateurs, que dis-je des amateurs, des amoureux de la Littérature. S'il est certes dans mon but de vous livrer mon expérience et porter un œil extérieur sur votre travail, sachez, et je vous en suis infiniment reconnaissant, qu'en retour vous m'apportez beaucoup. J'apprends de vous autant, et peut-être plus, que vous n'apprenez de moi.

Avant de vous expliquer comment votre semaine va se dérouler, si vous le voulez bien, j'aimerais que chacun se présente et nous dise qu'est-ce qu'il attend de ce stage. Paula, on commence par vous ?

– Bonjour à tous. Je m'appelle Paula Cytg. Je suis l'amie de Caty ; c'est elle qui m'a conseillée de participer à ce stage. Je suis professeure de littérature. Je lis par profession naturellement mais aussi et surtout par plaisir, par passion. Mes goûts me portent vers les romans historiques mais sans exclusivité. Pourquoi suis-je venue participer au stage ? Vous allez me trouver arrogante, mais j'aimerais … traverser le miroir, devenir auteure à mon tour. J'aimerais connaître le plaisir de voir un ouvrage écrit de ma main, tenu par celles d'un lecteur. Je me vois immobile à l'observer, à scruter son visage, à capter la moindre de ses émotions. Je souris quand il sourit, pleure quand il pleure, … Je suis fière à l'idée d'être responsable de ses réactions et que mes mots pénètrent son esprit. Mon imaginaire court dans le sien. Je suis propriétaire d'un moment de sa vie …

J'ai tenté de publier autrefois, mais mon manuscrit a été refusé, sans explication je dois dire. Il contenait quelques idées intéressantes – que j'ai retrouvées curieusement dans un autre roman écrit plus tard par Yug Talpac – mais j'avoue que le texte n'était pas véritablement abouti et ne méritait pas en l'état d'être publié. Aujourd'hui je me sens mieux armée et prête à renouveler l'expérience.

– Merci Paula. Beau programme. J'espère de tout cœur que ce stage vous apportera les clefs pour vous lancer dans cette aventure. Avez-vous déjà une piste ? Quel type de roman allez-vous écrire ?

– Une biographie. La biographie d'une femme qui aurait vécu les événements qui ont émaillé l'histoire contemporaine. Toute jeune, je savais que le temps ferait des trous dans ma mémoire. Pour l'éviter, j'ai choisi de boucher par avance ces trous dans un journal. J'ai gravé le présent qui passait dans des carnets. Tous les jours je m'astreins à écrire quelques pages. Ce n'est pas un compte-rendu de ma journée, rassurez-vous. Certes, j'y note des événements qui m'ont marquée, mais également des impressions, des rêveries, des élucubrations, des mensonges ! Ne dit-on pas que les écrivains, tout comme les comédiens, sont des menteurs qui disent la vérité ? Ces carnets sont dans ma valise et je vais m'en inspirer.

– Merci Paula. Vous touchez là un des ressorts de notre passion. L'instant de l'écriture et l'état d'âme de l'écrivain sont inscrits dans l'encre du texte. Quelle chance d'avoir fait un journal. En vous relisant, vous revivrez ces moments ; en vous penchant sur votre passé vous vous ressourcerez. Ecrire sur soi n'est pas figer un événement, c'est se donner l'opportunité de le revivre. C'est gagner l'éternité sans perdre son âme, c'est la jeunesse conservée de Faust sans pactiser avec le diable. Parcourir son journal intime, c'est marcher sur la pelouse de son passé sans crainte de piétiner ses souvenirs.

Paule :
A la lecture, cette dernière phrase me semble bien pompeuse. Je la supprimerai dans la version définitive.

Cette fonction mémorielle déborde d'ailleurs du cadre de la biographie. Relire un roman, une poésie, un article scientifique, quoi que ce soit que l'on ait écrit nous rappelle immanquablement un lieu et un moment de notre existence passée. Pour ma part, quand je relis un de mes romans me revient l'émotion que j'ai pu connaître au moment où j'ai pointfinalisé l'ouvrage, …

Paule :
J'ai hésité entre Pointfinaliser et Finalpointer. A l'oreille Pointfinaliser m'a semblé plus fluide. Qu'en penses-tu Catherine ?

Catherine :
Tu as raison. Mais poursuis ta lecture.

– Qu'en pensez-vous Caty ?

– Comme vous avez raison Puyg. En arrivant ici, je me suis revue un an plus tôt en train de travailler sur mon dernier roman. Et maintenant que l'on en parle, je perçois les vraies hésitations et les fausses certitudes qui m'habitaient. Me reviennent à l'esprit mes nuits agitées au cours desquelles je me levais pour remplir de notes des feuilles volantes qui, pour la plupart, planaient et atterrissaient le lendemain matin dans la corbeille à papier. Je serais capable de dire sous quel pin certaines idées ont fulguré dans mon esprit. J'en ressens encore son odeur térébenthinée.

Paule :
Fulgurer, Térébenthiner, encore deux néologismes. Bigre, j'étais en verve !

Agathe :
Paule, si tu t'arrêtes toutes les pages, on ne va jamais arriver au bout.

Paule :
Ok.

– Je sens, Caty, que vous avez un nouveau roman en préparation.

– On ne peut rien vous cacher Puyg. Jeune, j'ai voyagé dans la steppe sibérienne avec Michel Strogoff, j'ai battu la campagne avec Huckleberry Finn, j'ai ferraillé aux côtés de Porthos, j'ai eu faim avec Gavroche, et me suis révoltée avec Etienne Lantier. Les Zola, Hugo, Twain et consorts, tous ces auteurs du XIXème siècle qui ont nourri mon imaginaire, je voudrais les faire revivre. Je les ai convoqués dans mon prochain ouvrage. Je vais les faire se rencontrer pour qu'ils échangent leur expérience, et pour qu'ils nous dévoilent comment, à partir de faits historiques, sociaux ou scientifiques de leur époque ils ont réussi à créer des personnages aussi puissants et intemporels.

– Passionnant Caty. Ce fera suite à votre précédent roman *'Rencontres entre auteurs et personnages'* qui a connu un immense succès. Nous attendons avec impatience la sortie de ce nouvel ouvrage.

Notre hôte se tourne alors vers un homme, la quarantaine, grand, sec et d'un regard l'invite à se présenter à son tour.

– Atal, je vous en prie …

– Bonjour. Je m'appelle Atal Pugyc. Je suis rédacteur en chef au '*20 d'Ikatif*'. Pour ceux qui ne le savent pas, le '*20 d'Ikatif*' *est* un mensuel syldave qui parait le 20 de chaque mois – d'où son nom – et ceci sans discontinuité depuis plus d'un siècle.

– Si je ne trompe pas, Atal, le premier numéro est paru le 20 février 1902, lendemain de la scission de la Bordavie en deux pays libres, la Bordurie où nous nous trouvons et la Syldavie voisine. Je parcours avec beaucoup de curiosité votre publication et en particulier les pages de l'encart '*Dossier Spécial du 20*'. Pouvez-vous nous dire sur quoi portera le prochain ?

– Le dossier du mois traitera des propriétés dyschronotopiques de certains lieux. Ce que nous allons dévoiler dans notre prochain article, c'est que Perd, et plus précisément l'emplacement du *Domaine Beau Rivage* où nous nous trouvons, est un lieu qui possède des caractéristiques géologiques exceptionnelles, des caractéristiques que l'on retrouve entre autres au sommet du Pic de Rach Buga en Transylvestrie, dans le cratère sur l'île de Burnsnaeghefellsborjuskibrennisteinsfjökull en mer de Rislande ou dans la large vallée de la Shastacolinadellaformica en Mexicanie. … Je n'ai pas encore achevé mon article et j'espère trouver ici les réponses aux dernières questions qui restent en suspens.

Je vous suis très reconnaissant de m'avoir admis parmi vos stagiaires.

– Merci Atal. Je profite de l'occasion pour annoncer qu'un autre stagiaire, journaliste lui-aussi, va participer au stage. Il s'agit de Pyla Gatuc. Vous devez le connaître Atal. C'est plus qu'un confrère, c'est votre alter-ego bordure : il est rédacteur au '*10 d'Askali'*, mensuel qui parait … devinez … le 10 de chaque mois. Pour l'heure il termine un reportage en Transylvestrie et il nous rejoindra demain.

A vous Agat, pouvez-vous vous présenter …

– Bonjour à toutes et tous. Je m'appelle Agat Cyplu. Je suis traductrice. Je traduis les romans étrangers, essentiellement de langues anglaise, française, russe et allemande en bordo-syldavo-transylvestre. Et réciproquement, je participe, à ma modeste mesure, à la diffusion de la littérature bordo-syldavo-transylvestre vers un public plus large.

Je viens au stage tous les ans. Pour moi, c'est un véritable moment de ressourcement, une respiration, une ponctuation dans la course effrénée de mon quotidien.

– Merci Agat.

S'adressant aux autres stagiaires :

– Agat est une fidèle ; elle participe à notre réunion annuelle depuis sa création et je lui en suis très reconnaissant. Sa capacité à trouver la formule juste qui restitue à la fois le sens du texte original et l'esprit de l'auteur en font LA traductrice que toutes les éditions s'arrachent sur les places de Cluj, de Brnv et de Spetch. C'est la Baudelaire d'Edgar Alan Poe version bordo-syldavo-transylvestre.

Se tournant vers Agat :

– Chère Agat, à quelle occupation allez-vous vous consacrer votre temps durant cette semaine ? Je suppose que vous n'êtes pas venue seulement pour profiter de la plage et du parc !

– Non, bien évidemment. Ici je sais que je vais pouvoir travailler au calme, et du calme, je vais en avoir besoin. J'ai dans les mains, plus exactement dans ma valise, l'original d'un document signé du Professeur Pÿa Tagluc, original que j'ai reçu directement dans ma boite à lettres. Vous vous souvenez, Pÿa Tagluc, ce Professeur en Versionologie qui a disparu dans des conditions mystérieuses il y a quelques années. Un mot accompagnait le manuscrit :

Chère Agat, vous trouverez dans cette enveloppe le récit de ma 'disparition' advenue il y a plus de quinze ans. Mes jours sont aujourd'hui comptés. Je souhaite que mon aventure soit publiée dans notre langue, mais également en français et en anglais. Vous êtes la seule destinataire de ce document. Faites-en bon usage. Je compte sur vous.

Pÿa Tagluc

J'en ai parlé à Mr Al O'Reil, directeur des PUS – Presses Universitaires Syldaves. Il a tout de suite accepté de le publier simultanément dans les trois langues. Je suis chargée naturellement des traductions. J'ai finalisé la version anglaise et j'apporte la touche finale à la version française. Je livrerai le tout la semaine prochaine, à mon retour à Cluj. Je peux vous assurer que la sortie du livre '*La vérité sur l'affaire Pÿa Tagluc*' fera grand bruit.

– Fantastique Agat. Quel plaisir pour moi, et pour nous tous, d'apprendre que c'est au calme de cette maison que vous aurez achevé ces traductions.

Se tournant vers le dernier participant :

– Chers amis, je vous présente le Professeur Paul Tagyc, membre de l'Académie et auteur du '*Versionologie : Science, Canular ou Imposture ?*' dont on a fort parlé cet automne. Il a souhaité prendre du recul face aux polémiques que cet ouvrage a suscitées. Ici, parmi nous, il va pouvoir retrouver la quiétude nécessaire à la poursuite de la mise à jour du dictionnaire de notre précieuse langue bordo-syldavo-transylvestre. N'est-ce pas Professeur ?

– C'est exact. Je me réjouis par avance du plaisir de partager avec vous cette semaine de stage.

– Ah, j'allais oublier ! Pour nos nouveaux stagiaires, Paula et Atal, sachez que nous prenons nos repas en commun. Taga fait sonner la cloche à 12h pour le déjeuner et à 19h pour le dîner. Lucy, notre cheffe est un vrai cordon bleu. Je ne doute pas un instant que vous apprécierez sa cuisine.

Ces moments de commensalité sont l'occasion de parler de l'avancement de vos projets en particulier et de littérature en général.

Chers amis, vous n'êtes pas venus pour passer une semaine d'isolement mais pour partager ce bonheur d'écrire qui nous anime tous et pour échanger sur nos expériences, nos doutes, nos hésitations et nos … fulgurances.

Bon. J'arrête sur ces mots mon exercice quotidien d'écriture. Je vais profiter de ce beau temps pour me promener dans la pinède et si j'ai le courage je pousserai jusqu'à la plage pour voir le soleil se coucher.

Agathe :
Pas mal Paule ! Qu'en penses-tu Catherine ?
Catherine :
Tout à fait d'accord avec toi Agathe. Bon, les filles, que diriez-vous d'une promenade dans la pinède.
Paule :
Bonne idée ! Et si nous avons le courage nous pousserons jusqu'à la plage.

Samedi 06/02/2021 – 09h00

Puyg & Pyla

– Merci Pyla de vous être déplacé aussi rapidement.
– Mais c'est tout à fait normal Puyg. Mes clients savent pouvoir compter sur moi en toute circonstance.

« Gatuc Pyla
le fameux détective
des faubourgs de Tombouctou à la dune du Pilat
toujours sur le qui-vive »

telle est ma devise. Vous m'avez paru très inquiet lors de votre appel. Dites-moi ce qui vous préoccupe.
– J'ai reçu cette lettre il y a deux semaines. Tenez, lisez-la.

J'attendais l'occasion de montrer mon courage
Et prouver à chacun que tu as passé l'âge.
Plume jadis vantée, face au temps qui avance
Seul un photocopieur peut prendre ta défense.
Tu uses d'un carbone, pas d'un stylo de marque,
Comme seule ressource. Ah, ignoble monarque
Tu ne mérites pas qu'on te prenne pour Dieu.
De mon juste courroux, sous la foudre des cieux,
Tu vas subir les coups, tu courberas l'échine,
Ma plume zèbrera ta fragile poitrine,
Je te ferai quitter le monde des humains.
Va, retourne en enfer ! Quelle joie que mes mains
T'accompagnent bientôt sur les rives du Styx
Où tu disparaîtras.

Ton ennemi, Phénix

– Une lettre en vers ! Curieux !

– Oui en vers.

– Et en vert ! Doublement curieux !

– En vers, en vert et à mon endroit. Sur le coup j'ai pensé à un canular. Une mauvaise plaisanterie. Deux jours après, je recevais cette autre lettre :

> Puyg, tu es une canaille, un plagieur, un bandit.
>
> Tu n'emporteras pas tes crimes au Paradis.
>
> Je serai bientôt là, armée d'un bras vengeur,
>
> Tu seras le vaincu, je serai le vainqueur

– Certainement le même auteur. Peut-être un concurrent, ou un écrivain à qui vous auriez refusé un manuscrit. Avez-vous des raisons de penser que quelqu'un vous en veut au point de tenter de vous tuer ?

– Qui sait ! Vous savez que j'ai fait l'objet de menaces il y a quelques années, menaces qui m'ont conduit à me réfugier ici, au *Domaine Beau Rivage*. J'y vis avec un couple, Taga et Lucy, qui loge dans la petite maison que vous avez pu apercevoir à l'entrée du parc. Elle fait le ménage, prépare les repas et lui est le gardien et s'occupe de l'entretien du domaine. J'ai une entière confiance en eux. Je devrais donc me sentir en totale sécurité, à l'abri de toute agression.

– Avez-vous prévenu la Police locale ?

– Oui, bien sûr. Ils m'ont dit que je n'avais rien à craindre, qu'elle serait là immédiatement au moindre appel. Je devrais être rassuré, mais pourtant j'ai un sombre pressentiment.

– Il faut quelques fois se fier à son instinct. Qui a l'occasion de vous rendre visite ici ?

– Je ne reçois personne sauf … sauf cette semaine précisément où je réunis, comme chaque année, un petit groupe d'auteurs qui participent à un stage d'écriture.

Pour la plupart ce sont des habitués, des fidèles avec qui j'ai grand plaisir à échanger.

– Ce pourrait-il que l'un d'entre eux vous en veuille au point de vous supprimer ? Un ou une d'entre eux. Avez-vous remarqué dans la deuxième lettre, le troisième vers : « *Je serai bientôt là, armée d'un bras vengeur* » ? Il est écrit « *armée* » au féminin et non « *armé* » au masculin.

– L'auteur de la lettre anonyme serait une autrice !

– Oui, … ou non ! Ce peut être effectivement une femme qui se serait trahie involontairement mais je pencherais plutôt pour un homme qui veut faire porter les soupçons sur une femme. Combien de stagiaires allez-vous accueillir la semaine prochaine ?

– Cette année ils seront cinq : Caty Gulpa, et son amie Paula Cytg, Agat Cyplu, Paul Tagyc et Atal Pugyc.

– Pouvez-vous m'en dire plus ?

– Caty Gulpa, je la connais depuis des années. La quarantaine, célibataire. Une belle femme. Elle participe régulièrement au stage. C'est une autrice de littérature fantastique. Ses romans ont beaucoup de succès. Merité, je dois dire. Elle a une imagination débordante. Et pas seulement l'imagination … si vous voyez ce que je veux dire ! Tous les ans j'ai droit à son numéro de charme.

Durant l'année elle m'écrit régulièrement ; elle me sollicite pour connaître mon opinion sur des idées de nouvelles qui lui viennent à l'esprit - des courtes histoires d'amour qui finissent tragiquement par la mort de l'un des personnages. Un mari qui tue l'amant de sa femme et se débrouille pour la faire accuser, une femme qui tue son mari et fait accuser son amant, enfin vous voyez le genre. Le point commun à toutes ces histoires, c'est que l'homme qui meurt s'appelle toujours P. et la femme C. ! Il faut être aveugle pour ne pas voir qu'elle se livre là à un jeu subtil avec moi, un jeu du chat et de la souris, ou plus exactement, de la chatte et du souriceau.

– Je retiens Caty Gulpa comme potentielle autrice des lettres anonymes. Ensuite ?

– Je ne connais pas personnellement son amie, Paula Cytg. C'est une professeure de littérature, une compatriote, portugnole comme moi. Elle participe au stage pour la première fois. Son nom ne m'est pas inconnu. Je me souviens avoir reçu, il y a quelques années de ça, un manuscrit signé Cytg, une espèce de conte moral et politique qui n'était pas dans le scope de la collection *'Rivière Grise'*. Je n'ai pas donné suite.

Nous avions répondu par la traditionnelle lettre :

> *« Cher auteur/autrice, malgré la grande qualité de votre travail, nous ne pouvons nous engager dans la publication de votre manuscrit. Nous vous souhaitons de trouver un éditeur qui etc etc …*
>
> *Bien cordialement. »*

– Je note également son nom.

– La troisième stagiaire est Agat Cyplu. Elle ne signe pas elle-même, mais elle en a les qualités. Elle est Professeur de linguistique à l'Université de Cluj, ce qui lui assure un statut social et en parallèle elle est traductrice, ce qui lui assure un appréciable complément de revenus. Elle travaille régulièrement avec moi aux éditions PUB, mais également aux PUT, Presses Universitaires Transylvestres, et aux PUS, Presses Universitaires Syldaves. Nous entretenons de très bons rapports professionnels.

– Voyez-vous un motif à ce que je l'écarte de la liste ?

– Non, bien que cela m'étonnerait que ce soit celle que nous cherchons. Le quatrième stagiaire est Paul Tagyc, lexicologue et lexicographe, un des 40 membres de l'Académie Transylvestre.

« *Chacun des membres de notre prestigieuse assemblée dépasse la soixantaine, alors qu'ensemble nous ne dépassons jamais la quarantaine !* »

Paul est toujours alerte, toujours vert, malgré ses soixante-dix printemps. Il passe le plus clair de son temps dans les livres à décortiquer les expressions et en y chercher des pépites. Aimable, délicat, modeste, cultivé, on peut dire même érudit, l'honnête homme dans toute sa grandeur. Il a très longtemps tenu une revue de presse à la radio où il décrivait avec finesse et humour le *'mot du jour'*. Son dictionnaire est une référence pour la langue bordo-syldavo-transylvestre.

Le dernier stagiaire est Atal Pugyc, journaliste au *'20 d'Ikatif'*, la revue qui fait son miel de tous les faits divers les plus étranges et les plus singuliers. Atal ne ressemble en rien aux autres stagiaires. Pour le décrire, je dirais qu'il est le chien dans un jeu de quilles, l'éléphant dans le magasin de porcelaine ou, pour être moins métaphorique, le paparazzi au milieu des journalistes nommés pour le prix Albert Londres. C'est sa première participation au stage d'écriture. Il a insisté pour s'inscrire et comme il restait une place, j'ai accepté !

– Je note son nom sur ma liste.

– Il faut que je vous dise. Pour justifier votre présence ici, j'ai annoncé aux stagiaires que vous étiez un journaliste et romancier qui venait pour enquêter sur la disparition mystérieuse de Pÿa Tagluc. J'ai justifié votre retard par un reportage que vous faisiez en Transylvestrie. Vous pourrez ainsi vous joindre à eux sans éveiller de soupçons.

– Très bien. Autre chose ?

– J'ai l'habitude de proposer un petit 'devoir de vacances' aux stagiaires : un exercice d'improvisation littéraire. Je leur donne un début d'histoire qu'ils doivent compléter ; chacun présente ensuite son travail. Vous verrez, c'est un moment très festif, convivial. Cette année, j'ai choisi comme sujet :

> « *Un écrivain de renom invite des stagiaires à son domicile pour participer à une Master Class. Un matin, sa femme de ménage pénètre dans son bureau et ...* »

– Ah oui ! Excellente idée. Vous feriez un excellent détective. On va découvrir ce que chacun va imaginer comme suite et peut-être que cela nous mettra sur la piste de votre correspondant anonyme.

– C'est ce que j'espère. Bon, venez, je vais vous présenter aux autres stagiaires.

Journal de Paula – Dimanche 7 février 2021

Au lever, je ne me souviens jamais des rêves de la nuit. Jamais. La nuit est comme un trou noir ; c'est troublant. Egarer mes rêves est une immense frustration. Je suis persuadée d'avoir vécu des aventures extraordinaires, d'avoir traversé des lieux magiques, d'avoir connu des histoires d'amours, ... et cette impression au matin de ne pouvoir les poursuivre, ne serait-ce qu'en pensées me déchire le cœur. Le sentiment de l'*à jamais perdu*' m'irrite. Est-ce pour cela que je me suis réfugiée dans l'écriture ? Faire réapparaître le disparu, figer le fugitif, pétrifier l'évanescent, il doit y avoir de cela, certainement. Cet exercice permet de vivre par contumace, de s'inventer d'autres existences, mais, soyons lucide, elles n'en sont que de piètres imitations. La poussée d'adrénaline, la bouffée de sérotonine, le choc de dopamine, tout cela le lecteur peut certes le vivre par l'intermédiaire des personnages d'un roman, mais pas l'auteur. Celui-ci ne les ressent pas tant il les a décortiqués, triturés, formatés et dépouillés de leur originelle réalité.

C'est curieux cette façon qu'ont les textes d'agir sur le cerveau du lecteur alors que ce même cerveau en dirige la lecture. D'où provient cette force des mots qui permet de se déconnecter du réel tout en y restant plongé ? On ne peut pas dire qu'il s'agisse d'une intervention extérieure comme pourrait l'être une scène de film qui nous marque à jamais. La lecture est un acte volontaire. Non seulement le lecteur a conscience qu'il lit, mais il pilote cette lecture, il la rythme à son gré. Il revient en arrière ou saute un passage si bon lui semble, voire il s'interrompt. Bref, il contrôle la situation. Et en même temps, il est embarqué ailleurs sans son consentement.

Les lettres qui constituent la colonne vertébrale des mots n'ont rien d'affriolant, d'hilarant, de triste ou de menaçant et pourtant elles se groupent pour former des mots, ces mots se chargent de souvenirs, d'émotions et nous font voyager. Ah ! Combien le pouvoir des mots est grand !

Revenons-en à mon incapacité de me souvenir de mes rêves. Il y a quelques années des chercheurs de l'équipe du Professeur Smurf de l'Université de Brnv ont réussi à synthétiser la slipose, l'hormone de l'endormissement. Une gélule de cette molécule administrée le soir permettait aux personnes souffrant d'une difficulté à s'endormir de passer directement et instantanément de l'état de veille à celui de sommeil paradoxal - celui pendant lequel nous rêvons. Curieusement, et bien que cela ne fut pas un des objectifs des recherches, l'expérimentation a permis de révéler qu'au réveil les patients étaient capables de raconter leurs rêves comme si ceux-ci avaient été enregistrés dans leur mémoire. De plus, il suffisait qu'ils se remémorent un rêve au moment de la prise de la gélule pour le poursuivre où il s'était interrompu ! Qui ne rêve (!) d'un tel pouvoir ? Malheureusement, à cause d'un effet indésirable imprévu, ce médicament n'a pas reçu l'autorisation de mise sur le marché. On savait déjà que sans slipose il est deux fois plus difficile de se réveiller quand on rêve qu'on dort, mais avec slipose, alors là, le résultat fut funeste : un patient qui avait pris la pilule de slipose pour poursuivre un rêve dans lequel il dormait n'a jamais pu se réveiller ! Tous les patients-témoins ont dû rendre les gélules qui furent sur le champ mises au pilon.

Les chercheurs ont repris leurs études et le mois dernier ils ont réussi à produire une nouvelle version de la slipose.

Je m'étais inscrite pour participer à l'expérimentation et par chance je fus choisie pour faire partie de la cohorte des patients-témoins. *(cf mon journal en date du 28 janvier dernier)* Les premiers tests faits en milieu hospitalier ont permis de valider la nouvelle molécule – l'effet indésirable avait disparu – et nous avons reçu une gélule chacun, à utiliser quand nous le souhaitions.

« Nous vous avons décrit les réactions de la prise de ce médicament : l'endormissement immédiat, la mémorisation de vos rêves et la capacité de les reprendre au point où ils s'étaient interrompus » nous a dit le Professeur Smurf. *« Il faut que vous sachiez que nous avons modifié la molécule. Elle est beaucoup plus puissante et, si vous en êtes d'accord naturellement, nous aimerions que vous nous aidiez à tester un nouvel effet : en plus de poursuivre un rêve, cette pilule vous permettra de rêver une suite à un événement que vous avez vécu concrètement ! Vous choisirez un moment de votre passé récent, le jour même si possible, et après la prise de la gélule, vous vous endormirez et vous en rêverez une suite. Vous rejouerez votre vie en quelque sorte ! Votre rêve correspondra certainement à ce que vous avez déjà vécu, auquel cas ce médicament permettra de graver définitivement les événements dans votre mémoire. Notre but est de montrer que cette molécule est efficace contre les maladies dégénératives telles qu'Alzheimer à condition*

naturellement d'avoir été administrée avant les premiers symptômes »

« Et si le rêve prend un tour différent ? » demanda un des patients-témoins.

« Nous comptons sur ces expérimentations pour l'apprendre. Sachez que ce n'est pas par hasard que vous avez été choisis : vous relatez toutes et tous votre quotidien dans un journal. Aussi, il suffira de comparer ce que vous aurez écrit dans votre journal le jour j avec la description que vous en ferez le lendemain au jour j+1 ! Dans la version du jour j, l'événement et sa suite 'réelle' ; dans la version du jour j+1 sa suite 'rêvée' ! Vous voyez, on a tout prévu ! ».

« Ne risque-t-on pas de mémoriser un rêve au détriment d'une réalité et de s'inventer un passé différent ? Et du coup de modifier la perception de notre présent et changer notre futur ? »

« Certes, mais pensez aux bienfaits pour les neurasthéniques et les cyclothymiques. Nous allons leur faire rêver une vie meilleure, graver ces moments dans leur mémoire, leur faire oublier les moments tristes. Nos patients dépressifs guériront définitivement.

Quant aux amnésiques, nous allons grâce à cette molécule, leur redonner un passé sur mesure, un passé qu'ils se choisiront dans un catalogue. Pour cela nous avons développé un ensemble de souvenirs préformatés que nous avons dissous dans des pastilles qu'il suffira de sucer au moment de la prise de la gélule.

Dans votre cas, vous qui êtes sains d'esprit, nous vous conseillons de vous remémorer un événement festif et tout se passera pour le mieux »

Nous sommes repartis, chacun avec un petit sachet contenant la précieuse gélule. Cette gélule, je la tiens au creux de ma main. J'ai décidé de la prendre maintenant. Il est tard, je vais me coucher. La journée a été banale, agréable mais banale, sans faits inoubliables. Je n'aurai aucun désagrément ni aucune tristesse à en perdre le souvenir. A quoi vais-je penser avant de prendre la gélule ? Tiens, je sais : je vais m'imaginer en train d'écrire un recueil de poèmes. Des haïkus.

Au revoir, mon journal. Bonne nuit et à demain.

Lundi 08/02/2021 – 17h00

Puyg & Caty

– Vous vouliez me voir, Caty.
– Oui. Dieu merci, vous voilà. Puyg ça s'est reproduit hier !
– Que s'est-il reproduit, Caty ?
– J'ai vu des morts !
– Vous avez vu des morts ! Ici ?
– Je vais vous raconter. Je m'étais installée dans la pinède. Taga y avait transporté une table et l'avait mise à l'ombre. Les mimosas en fleurs répandaient dans l'air une douce odeur de miel et de paille. En contrebas la mer répétait inlassablement sa mélopée. Je voyais ses vagues venir s'allonger langoureusement sur la plage et puis, s'évanouissant dans le sable doré, déposer en offrande une écume légère. J'étais dans les meilleures conditions pour poursuivre mon roman.

J'en étais précisément au passage où Mark Twain et Alexandre Dumas entamaient une conversation. Je n'avais pas une idée précise du déroulement complet de la scène. Je savais seulement que ce passage serait un point clef du récit, et qu'il fallait à tout prix que la forme et le fond soient parfaitement en phase. Je démarrai la scène en mode classique : introduction des personnages mais sans fioritures, pas de description inutile du cadre, bref, du concis.

Une fois fait, il me fallait développer leur conversation. Je m'interrogeai sur la façon d'introduire une mise en abîme qui, vous le savez, est la marque de fabrique de tous mes récits, quand …

Vous n'allez pas me croire. Ce qui s'est passé à ce moment-là est fantastique : les personnages se sont mis à discuter tout seuls, oui, tout seuls. Ils s'exprimaient librement. Ils parlaient sans se préoccuper de moi. C'est simple : pour eux je n'existais pas ! Je saisis un crayon et me mis à transcrire leur conversation sur un carnet de notes, le plus discrètement possible. Je retenais mon souffle. Je veillais à ne faire aucun bruit de crainte qu'ils se doutent de ma présence et s'interrompent.

Mark Twain :
– Alexandre ! Alexandrie ! La Grande Bibliothèque ! Quel prénom prémonitoire ! Une immense carrière d'écrivain s'ouvre à vous !

Alexandre Dumas :
– Merci Mark. Je vous ai fait venir ici, dans cette magnifique demeure en bord de mer, pour vous entretenir de questions qui me torturent l'esprit depuis longtemps. J'aimerais entendre votre avis sur le sujet.

Mark Twain :
– Je vous en prie Alexandre. Si je peux vous apporter mon aide, j'en serais ravi.

C'est à cet instant précis que les personnages m'ont échappé. Je me suis décorporée ! J'ai eu la nette impression de sortir de mon corps et de flotter au-dessus d'eux. Je les observais, à la fois éblouie par l'expérience que je vivais et curieuse de savoir jusqu'où cela allait me conduire.

Alexandre Dumas :
– Ce n'est pas à vous, mon cher Mark, que je vais apprendre que dans une œuvre littéraire se côtoient des personnages totalement fictifs issus de l'imagination de l'auteur et des personnages représentant des individus ayant réellement existé, voire encore vivants. Tenez, par exemple, un véritable Louis XIII a été roi de France, un tout

aussi véritable Richelieu fut son Premier ministre, Charles de Batz Castelmore dit d'Artagnan mourut durant le siège de Maastricht en juin 1673, tandis qu'Atos, Portos et Aramis sont de mon invention et tout ce petit monde se croise dans *« Les Trois Mousquetaires »*.

Lorsqu'une œuvre littéraire a pour objectif de retracer la vie, ou une partie de la vie, d'un personnage, alors on a affaire à une biographie. Il faut noter que le personnage principal d'une biographie doit être inspiré d'une personne réelle – comme le *« Madame Bovary »* de notre ami Gustave qui retrace la vie de la gracieuse Emma Titgoute, épouse Bovary – et non pas totalement imaginé par l'auteur comme le fut le jeune Tom Sawyer dans votre ouvrage intitulé, fort à propos disons-le, « *Tom Sawyer* ».

Encouragé par le regard approbateur de son interlocuteur, Alexandre poursuivit :

Je pourrais citer également comme exemple de biographie le *« Victor Hugo, sa vie, son œuvre »* d'Agathe Youbêb. En revanche le « *La douleur d'Arthur Duscaphoïde* » d'Aïcha Fémal ou le « *La délivrance de Youri Ligotemi* » de Mélanie Zètofray ne sont pas des biographies dans la mesure ou Arthur Duscaphoïde et Youri Ligotmi sont de pures inventions et non des personnes ayant existé.

Mark Twain :

– Je suis tout à fait d'accord avec vous, mon cher Alexandre. Au fait, on pourrait ajouter qu'une autobiographie est la biographie d'un auteur faite par lui-même. …

Alexandre Dumas :

– Naturellement Mark ! Poursuivez. Où voulez-vous en venir ?

Mark Twain :

– Et bien, pensez au dilemme de l'auteur d'une autobiographie qui a juré de n'écrire que sous un pseudonyme. Je m'explique : prenez par exemple Monsieur X qui refuse de dévoiler son nom et signe toutes ses productions sous le pseudo Y. Il décide d'écrire sa biographie. Quel titre donner à cet ouvrage ? Je vous le demande.

Alexandre Dumas :
– *« La vie de X »* par X ?

Mark Twain :
– Il s'y refuse, vous dis-je !

Alexandre Dumas :
– *« La vie de X »* par Y ?

Mark Twain :
– Ce ne serait pas une autobiographie !

Alexandre Dumas :
– *« La vie de Y »* par Y ?

Mark Twain :
– Pas possible ! Ce n'est pas la vie de Y, mais celle de X qui est décrite.

Je fais une petite pause pour vous laisser le temps d'imaginer dans quel état d'esprit je me trouvais au moment où je transcrivais cette conversation. Mais, vous allez voir, la suite est encore plus surprenante.

Mark Twain :
– Alexandre, vous ne m'écoutez pas ?

Alexandre en effet n'écoutait plus Mark. Il était plongé dans ses pensées. Quelques secondes passèrent, puis, dans un état second, celui que connaissent les auteurs dans les instants fulgurants et magiques de révélation créatrice, quand les idées prennent corps, quand le corps s'évapore, quand, féal de la pensée, le mot devient épée, il lança d'un seul trait :

Alexandre Dumas :
– Vous êtes d'accord que pour être qualifiée de complète la biographie d'un auteur doit citer tous les ouvrages qu'il a commis. Bien. Son autobiographie, également, non ?

Mais alors, pour être complète, l'autobiographie d'un auteur doit se citer elle-même. Comment se peut-il qu'une œuvre se cite elle-même ?

Mark Twain :
– J'ai une solution. L'auteur achève son autobiographie sur cette dernière phrase : « *Je meurs satisfait : j'ai trouvé le moyen d'écrire une autobiographie complète. Je me suicide* » et là-dessus, il se suicide !

– Astucieux et imparable !
– Tout à fait. Mais attendez la suite !

Alexandre Dumas :
– Par définition, une des activités d'un auteur d'œuvre littéraire est l'écriture. Du coup, c'est également le cas du personnage principal d'une autobiographie. Amusant, non ?
Passons. Si, incontestablement, les auteurs écrivent des ouvrages, les personnages de leurs livres ne sont généralement pas inactifs. Mon D'Artagnan ferraille avec les gardes de Richelieu, Madame Bovary trompe son mari, le Capitaine Nemo pilote un sous-marin, … et c'est là où je veux en venir, certains de ces personnages de roman lisent ou écrivent au sein du roman.

Mark Twain :
– Vous l'avez dit vous-même, Alexandre : c'est le cas du personnage principal d'une autobiographie : il écrit, c'est incontestable. Et il lit également : il lit au moins ce qu'il écrit.

Alexandre Dumas :
– Je vois que vous suivez, mon cher Mark. Je poursuis. Supposons que dans un roman, un des personnages de ce roman se mette à écrire. Il peut écrire des choses variées, par exemple il écrit une lettre d'amour, (pensez à Cyrano qui écrit à Roxane), ou un article scientifique, voire un

roman, pourquoi pas ! Ou encore, il lit. Il lit une lettre d'amour – celle que lui aurait adressée un autre personnage – ou un roman ou toute autre chose. Bref, supposons un roman dans lequel des personnages lisent ou écrivent des œuvres littéraires. Vous me suivez ?

Mark Twain :
– Je vous suis à tel point que je relèverai une légère erreur dans votre propos.
Disons pour être exact, que ces personnages ne lisent ni n'écrivent, mais que c'est l'auteur de l'œuvre dans lequel ils apparaissent qui les décrit en train de lire ou d'écrire. Vous êtes d'accord que le personnage ne lit pas, comme vous et moi le faisons. Ils n'ont ni livre ni stylo en main ; ils n'ont même pas de main ! Ils sont faits d'encre et n'existent que dans votre imagination. Sans vouloir vous désobliger, mon cher Alexandre, vous étiez sur le point de confondre la carte avec le territoire, le menu avec le repas, les règles du jeu avec le jeu.

Alexandre Dumas :
– Ou les plans de l'architecte, fut-il grand et universel, avec la construction du maçon, fut-il libre et franc. Je vous le concède, Mark. Il ne faut pas confondre l'objet et sa représentation. Mais, *« pour penser utilement, il faut, à la fois, confondre l'image avec son objet et cependant être toujours prêt à reconnaître que cette identité apparente des choses très dissemblables n'est qu'un moyen provisoire d'appréhender le réel. C'est parce qu'on les confond qu'on peut penser à agir, et parce qu'on ne les confond pas que l'on peut agir »*. Je vous rassure, Mark, cette citation n'est pas de moi mais d'un épistémologue bordave dont je tais par correction le nom ... et le pseudonyme.

Sur ces mots Alexandre sort de la poche intérieure de son veston deux étuis à cigares et en offre un à Mark.

Mark Twain :

– Merci Alexandre. Vous nous gâtez. Un Havane ! Comme dirait notre ami Gris Mat : « *Ceci n'est pas une pipe, nom d'une pipe* »

Alexandre Dumas :

– Supposons donc un roman écrit par un auteur. Cet auteur écrit (dans ce roman) qu'un des personnages (du roman) est en train de lire une œuvre littéraire. Si je suis votre remarque, il ne lit pas à proprement parler une 'œuvre littéraire'. Plus précisément, l'auteur fait lire à son personnage un élément de l'intrigue qui fait référence à une œuvre littéraire.

– Mais où donc Alexandre veut-il entraîner Mark ? Ce serait bien qu'il donne des exemples.

– C'est ce qu'il a fait. Ecoutez la suite :

Dans « *La délivrance de Youri Ligotemi* » page 46, par exemple, Mélanie Zètofray écrit « *Tout en buvant son troisième verre d'apéritif, Youri feuilletait négligemment un roman de cape et d'épée* ». Aucune information particulière n'est donnée sur la marque de l'apéritif. Rien non plus sur l'auteur ou le titre du roman de cape et d'épée. Ces éléments du récit ne jouent aucun rôle particulier, si ce n'est de monter le gout pour l'alcool et le désœuvrement du personnage nommé Youri.

En revanche, deux pages plus bas on peut lire : « *La fin tragique de l'héroïne du roman de Gustave Fauxblaire décida Youri d'arrêter de se droguer* ». La référence à Madame Bovary, personnage éponyme du roman « *Madame Bovary* » de Gustave Fauxblaire est explicite. Dans la mesure où la fin tragique de ce personnage – je parle en l'occurrence de *l'héroïne du roman* – influence le destin de Youri, on peut sans se tromper affirmer que *le roman de Gustave Fauxblaire* dont il est question est en soi

81

un personnage de « *La délivrance de Youri Ligotemi* ». On va lui donner le statut de roman-*personnage.*

D'une façon générale, je qualifierais *d'objet-personnages* tous les objets, que ce soit un livre ou tout autre chose, qui participent activement au déroulement de l'intrigue ou influencent le comportement des personnages.

Un des plus célèbres *objets-personnages* de la littérature est certainement le tableau du portrait de Dorian Gray mis en scène dans « *Le Portrait de Dorian Gray* » écrit par notre ami Oscar Wilde. Ce portrait vieillit et devient de plus en plus laid, à la mesure de la noirceur de l'âme du personnage Dorian Gray. Et lorsque, à la fin du roman, Dorian Gray perce d'un couteau son portrait qu'il trouve infâme, alors ce portrait redevient celui d'un homme d'une beauté sublime tandis que Dorian Gray meurt, transformé en un vieil homme hideux. Ce tableau est un véritable acteur du roman et mérite incontestablement le statut de *tableau-personnage*.

Mark Twain :

– Tout à fait Alexandre. Cela me fait penser à mon tour à un autre *'objet vivant'*, celui du *« Tableau ovale »* des « *Nouvelles Histoires extraordinaires* » d'Edgar Allan Poe. Vous avez raison de distinguer les éléments neutres et les éléments clefs apparaissant dans un roman. En nommant les seconds, *éléments-personnages,* vous les personnalisez et leur donnez corps. Du coup, vous donnez un éclairage nouveau ... et un élément de réponse à la question posée par notre ami Alphonse : « *Objets inanimés, avez-vous donc une âme ?* »

Alexandre Dumas :

– Revenons aux *romans-personnages*, si vous le voulez bien et aux questions qui me tarabustent et auxquelles il me serait agréable d'entendre votre avis. Par exemple : *Quid des personnages d'une œuvre-littéraire-personnage lorsqu'ils sont eux-mêmes auteurs ? Que se passe t'il lorsque ce personnage auteur d'une œuvre-personnage fait référence à un véritable auteur fictif ?*

Mark Twain :
— Tout est possible, Alexandre, tout est possible dans une fiction. La conversation que nous tenons maintenant en est une preuve. Tenez. Il me vient en mémoire un curieux roman intitulé « *L'Affaire Topinambour* » dans lequel se côtoyaient à la fois des personnages (des simples personnages, mais également des personnages auteurs) et des œuvres-personnages — je les nomme ainsi parce qu'elles jouaient un rôle dans l'histoire — écrites entre autres par ces ci-dessus personnages auteurs, mais pas seulement et mettant en scène à leur tour des personnages et des œuvres-personnages dans lesquelles …. Il y avait ainsi jusqu'à quatre niveaux de profondeur ! Lorsque les niveaux sont clairement distincts, ça passe encore, mais quand des personnages se permettent s'intervenir dans plusieurs niveaux, quand des objets-personnages s'imbriquent circulairement alors il faut avouer que cette mise en abîme peut plonger le lecteur dans des abîmes de réflexion !
Si vous voulez, on poursuivra cette discussion demain. J'entends sonner la cloche. C'est l'heure du repas. Allons-y.

Là-dessus, les deux personnages se sont levés et m'ont abandonnée. Je les ai regardés partir sur le sentier en direction de la maison. Vous vous doutez du sentiment d'étrangeté qui m'a parcouru à ce moment-là. Je réalisai à peine ce qui venait de m'arriver : j'avais assisté à la conversation entre deux auteurs décédés il y a plus d'un siècle ! *Ce n'est pas possible, j'ai dû m'assoupir et rêver* me suis-je dit.

J'étais seule, sous le pin. Aucun témoin de la scène. Dans ma main je tenais un crayon. Devant moi, sur la table est posé un carnet de notes. Je l'ai ouvert. Un texte manuscrit remplit la première page. J'en parcours les premières phrases :

– Alexandre ! Alexandrie ! La Grande Bibliothèque ! Quel prénom prémonitoire ! Une immense carrière d'écrivain s'ouvre à vous !

Alexandre Dumas :
– Merci Mark. Je vous ai fait venir ici, dans cette magnifique demeure en bord de mer, pour vous entretenir de questions qui me torturent l'esprit depuis longtemps. J'aimerais entendre votre avis sur le sujet.

En contrebas les vagues poursuivaient leur sempiternelle danse. Il faisait chaud. *« Il faut que je bouge »* me suis-je dit.

Je me suis dirigée vers la plage. Agat et Paul étaient là, installés sous une paillote, un verre à la main. Sur la table il y avait une bouteille d'alcool de topinambour. Au moment de m'en servir un verre, la cloche a sonné.

« Mesdames » a dit Paul. *« La cloche vient de sonner, c'est l'heure du repas. Rejoignons la maison »*. Nous nous sommes levés et sommes partis dîner. Voilà.

– Caty, vous dites que vous avez eu l'impression de *« sortir de votre corps et de flotter au-dessus de vos personnages »*. Une *décorporation* dites-vous, qu'entre parenthèses je nommerais plutôt *excorporation*. Mais passons. Est-ce la première fois que cela vous arrivait ?

– Oui avec Mark et Alexandre. Mais l'an dernier j'avais croisé Jules Verne à plusieurs reprises. Et Charles Baudelaire en compagnie d'Edgar Allan Poe, aussi, mais une seule fois. C'est pourquoi je m'installe toujours sous ce pin pour écrire. Par superstition certainement. Durant le stage je n'écris qu'à cet endroit en espérant vivre à nouveau cette expérience.

– Excusez-moi si je vous choque. Mais, prenez-vous des … produits stimulants ?

– Certainement pas. Voyons Puyg ! Vous me connaissez. Je ne fume pas d'herbe, je ne bois pas d'alcool, je n'avale pas des petites pilules psychotropes, ... Non mais ! Vous pensiez vraiment que je me drogue ?

– Non Caty. Bien sûr que non. Je cherche simplement une explication rationnelle. Vous vous êtes réveillée, dites-vous, avec un crayon en main. C'est donc vous qui avez écrit ce texte dans un état second, comme sous hypnose.

– Bien sûr que c'est moi qui l'ai écrit. Je sais reconnaître mon écriture et comme je vous l'ai dit, je me vois en train de prendre des notes sur mon carnet. Mais je n'étais pas sous hypnose ; j'étais pleinement consciente et je peux vous garantir que les personnages étaient présents *physiquement*. Vous en voulez une preuve ? Tenez. En partant Mark Twain a oublié son allume-cigare.

Lundi 08/02/2021 - 21h00

Télépathons

Lucy :
— Et voilà le dessert. Un cake au topinambour arrosé de liqueur de topinambour.

Puyg :
— Merci Lucy. Vous nous gâtez. Reprenez Pyla. Vous disiez ?

Pyla :
— Je demandais si l'un d'entre vous avait déjà vécu une expérience de communion de pensée ?

Puyg :
— Expliquez-vous Pyla.

Pyla :
— Une communion de pensée. Quand deux personnes pensent à la même chose au même moment sans s'être concertées. Je vous cite un cas qui nous est arrivé dernièrement, mon épouse et moi. Nous étions en ville et nous croisons un pauvre hère en train de mendier, assis au sol sur un carton. Dans un chapeau posé à l'envers devant lui quelques malheureuses pièces font de l'œil aux passants. Le mendiant nous regarde de ses yeux tristes ; je m'arrête et dépose une pièce dans son escarcelle de fortune. Il nous remercie et nous poursuivons notre chemin, mon épouse et moi, sans un mot.

Cet homme m'a troublé. Tout en marchant je pense à lui, à la triste vie qu'il mène. Qu'a-t-il pu lui arriver pour en être là ? A-t-il des enfants ? Savent-ils qu'il en est réduit à faire la manche ? Et s'ils passaient par là, le reconnaitraient-ils ? S'arrêteraient-ils ? En tout cas, si c'était moi, je ne pense pas que … *« Je ne pense pas »* dit mon épouse. *« Je ne pense pas qu'ils s'arrêteraient. Pas par égoïsme, pas par lâcheté, seulement pour que le pauvre homme ne puisse ressentir de la honte en offrant la vue de sa déchéance à ses propres enfants ».*

Les phrases qu'elle venait de prononcer étaient la réponse à des questions que je m'étais posées un instant plus tôt. Je regarde mon épouse et je vois dans son regard qu'elle se rend compte, tout comme moi, de l'expérience que nous avons vécue : non seulement nous avons ressenti la même émotion à la vue du mendiant – ce qui ma foi est assez naturel – mais nous avons déroulé le même raisonnement, nous nous sommes posé les mêmes questions et nous en sommes venus aux mêmes conclusions. Vertigineux, avouez-le !

Caty :

– Comme vous l'avez dit, vous avez ressenti la même émotion. Cela me semble naturel que ...

Pyla :

– Certes, mais pas seulement. Nous avons enchaîné des pensées pareillement ...

Caty :

– Vous avez télépathé. C'est épatant !

Puyg :

– Ne vous moquez pas Caty. C'est sérieux. J'ai moi-même vécu une expérience comparable.

Je vous passe les détails, mais quelqu'un a accusé de plagiat un auteur que je publiais dans ma collection *'Rivière Grise'*. Les deux textes présentaient il est vrai de fortes similitudes – styles totalement différents mais scénario et personnages identiques. Le 'plagié' n'avait envoyé son manuscrit à aucun éditeur hormis *'Rivière Grise'* et de ce fait soutenait que nous avions montré son manuscrit à notre auteur qui l'avait détourné à son profit.

J'avais personnellement suivi les évolutions du manuscrit du supposé 'plagieur' pour savoir qu'il en était à coup sûr l'auteur. De plus, certaines scènes qu'il avait développées étaient antérieures à la réception du manuscrit du 'plagié'.

Oui, mais comment expliquer les ressemblances troublantes entre les deux textes ? Une première solution était de renverser les rôles, le 'plagié' devenant le 'plagieur' et réciproquement. Or, des scènes du manuscrit du 'plagieur' avaient été écrites dans une version postérieure à la réception du manuscrit du 'plagié'. Je ne sais pas si vous me suivez, mais ce que je veux dire, c'est que *les deux manuscrits avaient été écrits indépendamment l'un de l'autre dans un même intervalle de temps* !

Nous cherchions à comprendre ce curieux phénomène quand l'un d'entre nous, le Professeur Smurf, a émis l'hypothèse que les deux auteurs avaient été témoins du même événement et que leur esprit imaginatif les avait conduits à élaborer des récits comparables. Il a été facile de trouver l'expérience qu'ils avaient partagée : ils s'étaient croisés à Rach Buga en novembre 2011.

Ce que l'on a appris par la suite, c'est que la communion d'esprit durant l'attente de l'apocalypse qui devait voir notre planète Terre pulvérisée puis la frustration qu'ils avaient partagée devant l'échec des prévisions s'étaient traduites chez eux en un intense et permanent besoin d'échange spirituel et par une connexion cérébrale continue. Il suffisait qu'ils soient soumis au même instant à une même émotion pour que leurs deux cerveaux entrent en communication, résonnent à l'unisson et produisent des pensées identiques.

Leur cas a intéressé des chercheurs de l'Université de Perd qui leur ont fait subir des batteries de tests sous imagerie cérébrale. La conclusion est sans appel : nos deux lascars télépathent. Oui les amis, ils télépathent.

Je me suis prêté à une expérience avec eux. Je les ai invités au siège des PUB, les ai isolés chacun dans une pièce, et je leur ai demandé d'écrire un court poème – sujet totalement libre – en leur précisant que je publierai le meilleur des deux dans un prochain numéro, histoire d'ajouter une pincée de stress.

Le premier m'a rendu :

Je me retrouve seul le long des quais du Rhône.
L'heure pleine est passée sur une autre qui sonne,
Les pas des voyageurs courent déjà au loin.
La bise souffle fort, traverse le pourpoint.
L'éclair zèbre le ciel et le tonnerre gronde.
J'aimerais tant pouvoir redessiner le monde
Lui donner un contour, le remplir de couleurs,
Chasser le cauchemar de cette nuit de peurs

et le second :

A l'horizon le tonnerre gronde
Sale temps sur les ondes.
Ça caille. Il fait un vent
qui me glace le sang.
Y a pas un chat qui passe.
C'est craignos, je me casse.

Jugez vous-même. C'est édifiant. Sans se concerter ils ont tous deux raconté, avec des styles fort différents j'en conviens, la même scène.

Caty :

– Si je vous suis, certains cas de plagiat pourraient s'expliquer par le don de télépathie !

Paula :

– Pas vraiment Caty. La communication entre les deux auteurs dont parle Puyg se faisait dans les deux sens. Dans le cas du plagiat il n'y a pas vraiment d'échanges ; il y a un plagieur qui intègre dans son récit des parties du récit d'un autre, qui lui vole des idées.

Pyla :

– Je vous accorde que la recopie de parties de textes, sans citation explicite de l'auteur original, caractérise le plagiat. En revanche, si je peux me permettre Paula, les idées ne se brevettent pas. Dites-moi comment peut-on voler des idées de quelqu'un sans pénétrer son cerveau, sans télépather ? Soit vous acceptez la réalité de la télépathie, soit vous renoncez à l'idée du vol d'idées.

Puyg :

– Il y a peut-être une autre explication que la télépathie.

Savez-vous ce que Baudelaire confiait au sujet d'Edgar Allan Poe : *« Savez-vous pourquoi j'ai si patiemment traduit Edgar Allan Poe ? Parce qu'il me ressemble. La première fois que j'ai ouvert un livre de lui, j'ai vu, avec épouvante et ravissement, non seulement des sujets rêvés par moi, mais des phrases entières pensées par moi, et écrites par lui vingt ans auparavant »*

La télépathie, qui est un phénomène instantané, ne peut expliquer le cas Poe-Baudelaire. Et puis, la littérature n'est pas le seul lieu où des idées apparaissent spontanément dans l'esprit de personnes éloignées les unes des autres. Allez sur Kiwipédia et vous trouverez maintes découvertes scientifiques faites quasiment simultanément par des individus qui ne se connaissaient pas.

Pyla :

– Et donc …

Puyg :

– On pourrait admettre par exemple que les 'idées flottent dans l'air' à la disposition de chacun. Les divers éléments d'une invention sont déjà là à attendre. Interviennent alors par un hasard sérendipitaire, par chance, des cerveaux curieux qui les captent, les assemblent et les rendent visibles aux yeux de tous. Les idées ainsi composées rejoignent leurs consœurs dans l'univers idéal, prêtes à leur tour à servir.

Paula :

– Puisque les idées sont là à nous attendre et qu'il suffirait de les assembler, comment être sûr de faire du neuf ?

Puyg :

– Mélangez une énigme policière, un soupçon de littérature, une pincée de logique mathématique, des espions, un doigt de lexicographie, des articles de journaux, une émission de télévision, l'annonce d'une fin du monde et quelques citations d'auteurs connus ou inconnus. Faites mariner à température ambiante et servez accompagné de topinambours. Je vous garantis qu'on ne pourra vous servir un tel plat ailleurs.

Paula :

– Dans notre activité d'auteur, comment ne pas être comparé à tel ou tel écrivain déjà installé, comment faire preuve d'originalité ?

Puyg :

– Quelle *'quantité d'innovation'* faut-il inclure dans un assemblage d'idées pour qu'il se distingue d'un autre assemblage ? Ma réponse est claire : *Do not care !*

Plutôt que de chercher les éléments significatifs qui permettraient de mesurer objectivement l'originalité d'un texte ou bien la part de l'un que l'on retrouverait dans un autre, je pense qu'il convient d'accepter l'idée qu'il y a toujours un point de vue selon lequel on trouvera une filiation certaine entre deux auteurs. C'est ainsi que l'on identifiera par exemple un motif d'inspiration, la présence d'une énergie, ou encore une technique commune qui permettront de rapprocher tels ou tels ouvrages, ou au contraire un contraste de style, voire une opposition proclamée qui là encore traceront un chemin évocatif de l'un vers l'autre.

Paula, vous n'empêcherez pas que l'on vous inflige des comparaisons, que l'on vous classe dans une catégorie ou une autre, que l'on vous attribue des ascendances littéraires et des Maîtres inspirateurs. Mais dites-vous que vous êtes unique, tout comme Caty est unique, Agat est unique, je suis unique, nous sommes tous uniques. Paula, votre assemblage d'idées est vôtre, votre propos est vôtre, votre intention est vôtre, le feu qui vous anime est vôtre, et ça, on ne pourra vous le contester.

Catherine :
Que de répétitions dans ce dernier paragraphe ! Tu n'as pas l'impression d'en avoir trop fait, Paule ?
Agathe :
C'est une figure de style un peu archaïque
Paule :
Vous avez raison. Je modifierai ...

Journal de Paula – Lundi 8 février 2021

Caty avait bien raison : cet endroit est magnifique. La bâtisse où nous logeons est nichée au creux d'un vallon. Un double escalier conduit à une terrasse en dalles de travertin. Des oliviers dans des vases d'Anduze apportent une touche de vert tendre à l'ocre jaune du pavement. C'est là que nous prenons nos repas à l'ombre d'une treille. La vue est dégagée et donne sur la baie de Perd. L'odeur iodée montant de la mer mêlée à celle de la résine des pins et le chant des cigales complètent le tableau des sensations.

Le chant des cigales
transporte l'âme solitaire
au sommet des pins

Agathe :
Un haïku ! Bonne idée Paule.
Paule :
C'est pour montrer l'effet de la slipose sur Paula.

De la terrasse on pénètre dans un grand salon d'accueil. A droite s'ouvre en enfilade une salle à manger et un salon, à gauche le logement de notre hôte Puyg. A l'arrière se trouvent la cuisine et les réserves, domaine réservé de Lucy. Un escalier permet d'accéder à l'étage où un couloir, tout en longueur, dessert six suites. Caty occupe la première, moi la suivante, puis ce sont celles de Paul, Agat, Pyla et Atal. Chacune dispose d'une chambre, d'une salle de bain, d'un bureau et d'une terrasse privative. De cette terrasse on peut suivre les sentiers qui partent de la bâtisse. Un premier descend en lacets jusqu'à une plage de sable blanc. D'autres serpentent entre les pins et les tamaris, traversent des clairières, se croisent et se recroisent, et au détour d'un rocher de granit offrent la surprise d'une vue sur l'horizon bleuté où la mer et le ciel se marient en silence.

Le ciel et la mer
sans se cacher s'unissent
amoureusement

Partout le calme règne. Caty travaille sous un pin. *« Toujours le même ; par superstition ! »* m'a-t-elle dit. Elle noircit des feuilles nerveusement. Absorbée par son travail, elle ne prête aucune attention à la nature qui l'entoure.

Aujourd'hui Paul et Agat se sont installés non loin de là sous une tonnelle à l'abri du soleil. Quel plaisir de les observer, lui avec ses cheveux blancs tout ébouriffés et son air malicieux, elle avec sa tenue impeccable de maitresse d'école *'old-school'*. Pourtant fort différents, il se dégage une réelle complicité entre ces deux-là. Le temps semble glisser sur eux sans les toucher. Ils respirent la sérénité. Certes ils travaillent sérieusement, mais ils s'accordent régulièrement des pauses. Ils en profitent pour boire un verre de sirop de topinambour ou pour marcher. Quand le terrain se fait cailouteux Paul pose une main sur l'épaule d'Agat qui gentiment, on pourrait dire même affectueusement, ralentit le pas, lui prend la main et le guide. Je ne peux m'empêcher de penser au beau couple qu'ils formeraient …

Après être restée un long moment à les observer j'ai pris le chemin de la plage. La mer était d'huile. Le soleil commençait à décliner et ne craignant plus l'insolation je me suis allongée sur une serviette, prête à bronzer tranquillement. Taga était là profitant certainement d'une pause. Lorsqu'il m'a vu, il s'est levé et s'est approché, la serviette négligemment posée sur une épaule. Visiblement il entendait s'installer près de moi et me faire la conversation. Tout en muscle et en bronzage il n'est pas du tout le genre d'hommes qui m'attirent. Aussi, pendant qu'il étendait sa serviette près de la mienne, j'ai rapidement tiré un livre de mon sac de plage. Faisant mine de ne pas le voir et d'être totalement absorbée par ma lecture, je ne lui laissais aucune ouverture !

Durant cinq bonnes minutes il est resté là, sans rien dire. Cependant, je sentais que :

> *Ses yeux parcouraient*
> *l'unique ligne du livre*
> *de mon décolleté.*

Agathe :
  J'aime bien celui-là !
Paule :
  Merci.

« *Bon, le boulot m'appelle* », m'a-t-il dit, « *il faut que j'y aille* ». « *Je vous en prie Taga* », lui ai-je répondu poliment.

Le soleil s'ovalisait, gentiment déformé sous les caresses de la mer. J'ai attendu de le voir disparaître à l'horizon, guettant un improbable rayon vert. Il ne s'est pas montré, mais le spectacle n'en était pas moins majestueux.

Cela m'a inspiré ces deux haïkus :

*Le ciel et les flots
font l'amour
horizontalement*

pendant que :

*Le soleil orange
tache impunément
le bleu de la mer*

Mardi 09/02/2021 – 10h00

Agat & Paul

Agat :
– Au fait, cher Paul, où en êtes-vous actuellement ?

Paul :
– Nous en sommes à la lettre « *i* ». Plus précisément, nous en sommes aux mots en « *in* ». Je suis chargé des « *in* » privatifs comme « *insonore* », « *invisible* », etc. Savez-vous que l'on en dénombre près de 400.

Le premier, par ordre alphabétique, est l'adjectif « *inabordable* ». Il a bien fallu commencer par lui, l'aborder (!) et du coup, il ne mérite pas son nom.

Un sourire malicieux illumine son visage. Il reprend, tout aussi radieux :

– Vous n'allez pas me croire. Le dernier « *in* » privatif est « *invulnérable* » et vous savez quoi ? Il ne l'était pas ! Nous en sommes venus à bout et nous l'avons vaincu !

Agat :
– Vous me faites plaisir en parlant des mots comme d'êtres vivants. Je partage tout à fait votre point de vue.

Les mots naissent un jour de parents étrangers qui ont migré chez nous. Certains étaient grecs, latins ou arabes. Nos mots ont à leur tour traversé les mers et les océans. Durant leur périple ils en ont croisé d'autres, ils se sont unis et ont eu des enfants de toutes les couleurs. Certains portent en eux l'héritage divins de leurs ancêtres, d'autres sont marqués par une ascendance satanique lourde à porter. Parfois on assiste à des naissances spontanées, des êtres issus des campagnes, des banlieues, des ventres des villes voire de nulle part. Et puis, les mots vivent, s'affranchissent de leurs origines. Ils se parent de nouveaux atours, en perdent d'anciens. Si beaucoup survivent grâce à cette capacité d'évolution quasi darwinienne, d'autres sombrent dans l'oubli et finissent par mourir.

Paul :

– Notre rôle, à nous académiciens, est d'assister aux naissances des mots, de les accompagner dans leur vie et malheureusement de rédiger l'acte de décès de ceux qui n'ont plus l'heur de plaire. Nous n'en sommes pas les parents ; vivants, nous les habillons ; un fois morts, nous en sommes les thanatopracteurs. Nous les costumons, nous les maquillons, nous leur offrons les moyens d'apparaître dans des textes dans toute leur grandeur.

Agat :
– En quelque sorte, vous êtes l'officier d'état civil de la langue.

Paul :

– C'est juste. Nous les enregistrons. Nous leur donnons le passeport bordo-syldavo-transylvestre ! Ils ont le droit de circuler comme ils veulent dans les textes, à condition naturellement de respecter les règles du code de la route du langage. Pas de fautes d'accord avec leurs petits camarades, pas d'infractions syntaxiques, en principe tout est réglé. Mais vous savez très bien, vous qui les fréquentez et leur faites passer les frontières, à quel point la tentation est grande chez eux de s'en affranchir. Et c'est sans compter les sans-papiers, les clandestins de la langue qui vivent librement et fleurissent nos lettres, nos sms et nos courriels. De temps en temps nous lançons une campagne de naturalisation, mais c'est sans fin, il en arrive tous les jours, et de partout. C'est ce qui rend notre langue si vivante, … et qui justifie notre salaire !

Agat :

– Pour en revenir à votre rôle de costumier, l'habit des mots en « in » privatif doit être facile à tailler, non ? Par exemple, une fois « *abordable* » habillé de « *qui peut être abordé* » il suffit de déclarer « *inabordable* » comme « *opposé d'abordable* » pour le vêtir.

On pourrait même poser au préalable une définition générique, un modèle de définition à proprement parlé, telle que :
« *La signification des mots en* « *in(xxx)* » *dans lesquels (xxx) est un adjectif, est :* « *opposé de (xxx)* » ». En une phrase on synthétise en une méta-définition les 400 définitions sur lesquelles vous travaillez. Comme le grand couturier qui impulse une mode qui sera reprise par tous, vous habilleriez d'un seul trait toutes les définitions. On passe du sur-mesure au prêt à porter. Paul Tagyc, le Christian Dior du dictionnaire !

Paul :

– Ce n'est pas aussi simple, Agat. Je vais vous donner un exemple que je viens tout juste de traiter : le mot « *inqualifiable* ». Voyons ce qu'en disait jusque-là le dictionnaire :

Inqualifiable (adj. qualificatif - 1835) de *in-* et *qualifier* :
« Que l'on ne peut qualifier »
Exemple : « *Chère Emma, votre comportement est inqualifiable !* » *in Madame Bovary*

Or, analysons ce mot. Dès que quelque chose est qualifiée d'inqualifiable, elle est qualifiée, et n'est donc plus *'inqualifiable'*. Par voie de conséquence, rien ne peut être correctement qualifié d'inqualifiable !

Vous voyez, votre proposition ne tient pas compte de la sémantique profonde des mots, de leurs usages courants ou accidentels, en un mot si j'ose dire, de leur Vie.

Agat :

– Je vous l'accorde. Je suis curieuse d'entendre de votre bouche la nouvelle définition de « *inqualifiable* ».

Paul :

– Voyons, à quoi peut donc servir cet adjectif « *inqualifiable* » qui ne peut jamais être utilisé avec le sens que lui donne son étymologie ? C'est là que l'esprit humain démontre sa supériorité sur une intelligence artificielle. « *inqualifiable* » peut servir tout simplement d'exemple d'adjectif qui ne peut jamais être utilisé pour son sens étymologique. C'est pourquoi je propose pour la prochaine version du dictionnaire une nouvelle définition :

> **Inqualifiable** (adj. qualificatif – 1835 revu 2021) de *in -* et *qualifier* :
> *1)* « Que l'on ne peut qualifier » (sens propre) Exemple : « *Chère Emma, votre comportement est inqualifiable !* » in *Madame Bovary*
> *2)* « Exemple d'adjectif inutilisable *pour son sens propre* » (sens second)

Agat :

– Magistral. Vous usez là de la possibilité de polysémie, propre à beaucoup de termes. Mais surtout, vous exploitez pleinement, jusque dans ses derniers retranchements oserais-je dire, la réflexivité des langages.

Paul :

– On peut noter, en effet, que ces deux définitions ne sont pas *'du même monde'* : l'une s'applique à un élément d'un récit extérieur au langage – une attitude, une action, … que l'on va juger *inqualifiable* – tandis que l'autre s'applique au mot « *inqualifiable* », c'est-à-dire à un élément du langage lui-même.

Agat :

— C'est précisément la propriété de réflexivité des langues, source d'une des difficultés du métier de traductrice.

Paul :

— Tout à fait, Agat. Amusons-nous si vous le voulez bien. Prenez l'exemple des adjectifs « *polysémique* », « *monosémique* », « *asémique* », « *autosémique* » et « *antisémique* ». Ils sont construits comme un grand nombre de termes sur un principe simple : l'assemblage d'un radical et d'un préfixe. Connaître le sens d'un préfixe permet de comprendre la signification du mot dérivé, ou tout du moins d'en avoir l'intuition.

Monosémique (adj. qualificatif) de *mono-* et *sémique* : *« Se dit d'un mot qui n'a qu'un seul sens »*

Polysémique (adj. qualificatif) de *poly-* et *sémique* :
« Se dit d'un mot qui a plusieurs sens »

Asémique (adj. qualificatif) de *a-* et *sémique* : *« Qualificatif qui désigne un mot vide de sens »*
Exemple : « « asémique » n'est pas asémique »

Autosémique (adj. qualificatif) de *auto-* et *sémique* :
« Qualificatif d'un mot dont la définition s'applique à lui-même »
Exemple : « Pour tout bon étymologiste, « autosémique » est autosémique »

Antisémique (adj. qualificatif) de *anti-* et *sémique* :
« Qualificatif d'un mot dont la définition ne s'applique pas à lui-même »
Exemple : « « asémique » est antisémique »

Dans ces exemples, la confusion de niveau n'apparait pas dans la définition du terme, mais apparait explicitement dans les exemples d'usage que donne le dictionnaire. Par exemple : *« « asémique » est antisémique »*

Agat :

– Cette imbrication de niveaux est l'occasion de jeux de mots ou de paradoxes. « *prononçable* » est autosémique car il est prononçable ! Son opposé « *imprononçable* » est antisémique car également prononçable !

Ca marche aussi avec « *court* » et « *long* » :

« *court* » est court, « *long* » n'est pas long !

Paul :

– La phrase « *Cette phrase contient cinq mots* » est véridique. La phrase, en apparence contradictoire, mais en apparence seulement, « *Cette phrase ne contient pas cinq mots* » l'est tout autant !

Agat :

– Et le roman de Léon Toïstol « *Guère épais* ». Croyez-vous qu'il mérite son nom avec ses 1572 pages ?

Paul :

– A ce propos, si vous le voulez bien, parlons un peu de votre métier passionnant de traductrice.

Agat :

– C'est vrai, Paul, même si parfois je regrette de ne pas être autrice moi-même. Un jour peut-être ! L'auteur invente des mots, vous les inventoriez ; l'auteur traduit ses pensées en récits, je traduis ses récits en récits. L'auteur est un créateur, nous, nous ne sommes que des relayeurs, des passeurs.

Paul :

– Voyons Agat. Nous ne sommes pas que des passeurs. Nous avons tous une fonction. Nous participons, chacun à notre place à la formidable aventure du langage. Sans vous, traducteurs et traductrices, pas de voyages, pas d'échanges, un univers rétréci, les textes confinés dans leurs idiomes locaux, ou pire, tous écrits dans un baragouinage universel. Et pourriez-vous faire votre métier sans dictionnaire ?

Agat :

— Vous avez raison, Paul. Je consulte régulièrement le vôtre, enfin, celui de l'Académie, et également les dictionnaires de synonymes, les dictionnaires des citations, …. Enfin, toute sorte de dictionnaires.

Paul :

— Vous parliez il y a un instant de la difficulté de votre métier de traductrice.

Agat :

— Difficulté est un grand mot. Le plus souvent, ce sont plutôt des pièges dans lesquels il faut veiller à ne pas tomber.

La plus grosse faute est de traduire mot à mot. Un vrai interprète ne tombera pas dans ce travers, à condition, il est vrai, qu'il connaisse, ou se fasse expliquer la signification masquée des expressions idiomatiques.

Si le distrait français est « *dans la lune* », l'anglais ne monte pas aussi haut dans le ciel et se limite à être « *in the clouds* ».

Prenez par exemple la phrase que vous avez prononcée il y a quelques secondes :

« *Cette phrase contient cinq mots* »

La traduction littérale en anglais

« *This sentence is five words long* »

est clairement fausse. La traduction qui respecte la signification de la phrase

« *This sentence is six words long* »

nécessite une modification du texte initial. Dans notre métier, adapter, modifier, transformer sont souvent le contraire de trahir.

Bien traduire ne nécessite pas seulement de connaître les langues mais aussi et surtout de comprendre le sens des textes. Là-dessus s'ajoute la possibilité qu'offrent les langages d'imbriquer des niveaux sémantiques différents dans une même phrase …

Paul :

– … ou des histoires dans des histoires, et pourquoi pas des romans dans des romans ! Ce n'est pas à vous que je vais apprendre que l'imagination des auteurs est sans borne.
Sur ce, si nous allions nous rafraichir sous ce pin avec un grand verre de sirop de topinambour.

Agat :

– Bonne idée Paul.

Mardi 09/02/2021 – 11h30

Pyla & Taga

Pyla :
— Taga, dites-moi ce qui s'est réellement passé ce 20/04/2004. Je sais que la version d'une dépression du professeur, d'un burn-out comme on dit aujourd'hui, ayant entraîné son suicide est fausse. S'il s'était jeté à l'eau comme le prétendait la lettre qu'il avait laissée derrière lui, on aurait retrouvé son corps. Le plus surprenant, c'est la rapidité à laquelle la Police a accrédité à l'époque la thèse du suicide, sans enquête approfondie.

Taga :
— Vous allez comprendre pourquoi. Je vais vous raconter. Cela va faire bientôt dix-sept ans que ces faits se sont déroulés, mais je me souviens parfaitement de tout :

Il est 14h et la conférence ne doit reprendre qu'à 16h. Au programme, l'intervention fort attendue de Pÿa Tagluc, épistémologue et fondateur de la Versionologie. J'ai deux heures de libres et je décide d'aller me détendre sur la plage pour y digérer au calme le bortch au topinambour du repas de midi. Rien n'est plus reposant pour l'esprit que ce boléro que la mer nous offre à entendre, sa respiration de marathonien asthmatique que cadence le va et vient de la vague, sa plainte grave et profonde lorsqu'elle se brise sur le haut-fond et expire en un bruissement léger de bulles d'eau que le soleil et le sel réunis font briller de mille éclats, l'inspiration salvatrice des vaguelettes qui retournent au large, promises à une régénération infinie.

On bénéficie d'une belle arrière-saison. Les journées se font plus courtes, concession à un été qui vieillit pas à pas, mais la température est fort clémente.

On accède à la plage privée de l'hôtel Beau Rivage par un sentier en pente douce qui se termine en un caillebotis posé directement sur le sable. La plage fait une bonne centaine de mètres de largeur. A gauche une paillotte hawaïenne abrite un bar. Un homme en costume de flanelle blanc est assis sur un tabouret haut, le dos tourné à la plage. Il est plongé dans la lecture de la 'Gazette de Cluj. Sur la droite une demi-douzaine de planches de surf sont empilées les unes sur les autres. Il n'y a pas le moindre souffle de vent.

Allongé sur une serviette de plage je me distrais en regardant des jeunes femmes en train de se faire bronzer, allongées soit côté pile, soit côté face. Les 'côté-pile' exposent leur dos aux rayons du soleil. Pour éviter les traces de bronzage, les bretelles de leur haut de bikini sont délacées. Quant aux 'côté-face', elles ne se conforment pas toutes à l'indication « Tenue Correcte Exigée » (Cette mode de mettre en majuscule l'initiale de chaque mot m'est fort déplaisante) inscrite sur un panneau planté dans le sable. Il ne vient cependant à personne l'idée d'en exiger le respect et de se priver d'un tel spectacle. La poésie de William Wordsworth me traverse l'esprit :

Earth has not anything to show more fair.
Dull would he be of soul, who could pass by
A sight so touching in its majesty

Ce n'est pas Londres vue du pont de Westminster qui me les inspire mais plus prosaïquement la plastique irréprochable de mes compagnes de plage.

Mon regard va des unes aux autres avec une nette préférence pour ma voisine de serviette allongée côté-pile. Elle a noué ses cheveux en chignon de façon à offrir son cou aux rayons du soleil. Je suis allongé face à elle, côté-pile moi aussi. Deux mètres tout au plus nous séparent. Elle est totalement absorbée par la lecture d'un ouvrage dont je parviens à lire le titre '*Versionologie et Poétique* '.

Régulièrement sa langue passe sur sa lèvre supérieure, ses dents pincent sa lèvre inférieure. Tour à tour ses yeux courent rapidement au long des lignes ou s'immobilisent et fixent intensément la page. Son visage est une toile où viennent se peindre tous les sentiments humains. Son front exprime le soupçon, l'impatience ou la révolte ; son sourire la joie ; ses sourcils la surprise, la tristesse ou l'inquiétude. Je me mets à penser que si l'auteur de ce roman pouvait la voir ainsi absorbée, il en retirerait un double sentiment de reconnaissance et de puissance, reconnaissance vis-à-vis de celle qui apprécie le fruit de son travail, puissance sur celle dont on capte l'attention au point de lui en faire oublier ce qui l'entoure.

J'aimerais bien entamer une conversation avec elle mais elle est tellement absorbée par sa lecture que toute tentative d'approche me semble irrémédiablement vouée à l'échec. Il ne me reste qu'à attendre un moment propice, un besoin de respiration entre deux paragraphes, une fin de chapitre, le cri d'une mouette, enfin n'importe quoi qui lui fasse lever les yeux. A moi alors d'accrocher son regard. Mais pour l'instant, là où elle est, ni rien ni personne ne semble pouvoir l'atteindre.

Aussi, je me contente de l'observer. Elle est vraiment très belle, des traits fins et harmonieux. Un instant, je nous imagine voguant sur un yacht. La mer est calme. Je tiens la barre, les yeux fixés sur l'horizon. Elle est sur le roof, '*La Gazette de Cluj*' entre les mains et m'en fait la lecture ...

« Taga Plucy ; on demande Taga Plucy de toute urgence... »

L'appel de mon nom me fait revenir à la réalité. « *Excusez-moi, Mademoiselle, le devoir m'appelle* ». Elle quitte son livre des yeux et m'observe avec surprise. « *Mais je vous en prie, faites donc Monsieur. Nous reprendrons notre conversation plus tard !* » rétorque-t-elle avec un sourire amusé.

« *On s'inquiète au sujet du Professeur Tagluc* » me dit le portier de l'hôtel. « *Il est attendu pour rejoindre le Symposium et il ne répond pas à notre appel. Pouvez-vous vous rendre dans sa chambre et vérifier si tout va bien* »

Je grimpe à l'étage, frappe à sa porte.

« *Professeur, c'est moi, Taga Plucy. Vous êtes attendu à l'accueil. Le taxi est là* »

Un pas furtif se fait entendre, la porte s'entre-ouvre.

« *Entrez, Taga.* »

J'entre dans la chambre. Le Professeur semble inquiet. Il tient en main une enveloppe

« *Tenez, lisez !* »

Il me tend une enveloppe. Je l'ouvre, déplie une feuille et lis :

Nous avons été trahis.

Fuyez mon ami, pendant qu'il est encore temps.

Vive la Syldavie, notre mère Patrie

Lucy

« *Cette lettre a été glissée sous ma porte durant le déjeuner. Je l'ai trouvée en remontant du restaurant* »

Je sais ce que je dois faire. Le protocole Alpha est un des plus aisés à réaliser : exfiltrer un agent en laissant derrière lui une fausse piste. Je suis préparé à réagir à toutes les situations ; agent dormant depuis de longues années, un peu d'action n'est pas pour me déplaire. Au poste de Responsable de la Sécurité à l'hôtel *Beau Rivage* qui me sert de couverture et rien jusque-là à me mettre sous la dent, je commençais à douter de l'intérêt de ma mission.

« *Professeur. Pas de panique. Faites ce que je vous dis et tout ira bien.* »

Je mets la lettre d'avertissement dans ma poche et lui tends un stylo.

« *Professeur, écrivez sous ma dictée le message suivant :*

« Par ce message je vous annonce que je renonce à participer au 3ème Symposium de Versionologie, ainsi qu'à tous ceux qui suivront.

Métro, Labo, Dodo, je ne supporte plus cette vie trépidante. Je n'ai pas de famille à chérir. Les vertes forêts de ma Syldavie maternelle resteront dans mon cœur au moment où je me jetterai dans les eaux profondes de la mer Karpiskienne.

De grâce, gardez de moi le souvenir d'un homme intègre qui a consacré sa vie à la Science. Je ne doute pas un instant que la Versionologie connaîtra de beaux développements et laissera une trace indélébile dans l'épistémologie contemporaine. Adieu !

      Professeur Pÿja Tagluc »

Il s'exécute. Je relis le message puis le plie et le glisse dans l'enveloppe que je dépose sur le lit, ouverte.

« *On va faire croire que vous ne supportez plus la pression, que vous faites un burn-out. Quelques éléments que nous déposerons à votre domicile accréditeront cette thèse. Allons, maintenant. Il est temps de quitter ces lieux.*

Nous descendons jusqu'au sous-sol par l'escalier de service, j'ouvre une porte et nous pénétrons dans la cave à vin du domaine, une immense pièce voutée. Des rayonnages en tapissent sur toute sa longueur les deux murs du sol au plafond. Sur ces rayonnages sont posés des cubes alvéolés dans lesquels sont nichées des bouteilles. On pourrait se croire dans une gigantesque ruche. Je me dirige tout droit au fond de la cave. Là, je soulève une toile poussiéreuse posée au sol sous deux caisses et découvre une trappe en bois. Je la soulève. Un air frais nous vient de l'étroit boyau qui s'ouvre à nous. Il est directement creusé dans la roche ; le sol est sablonneux.

« *Ce passage conduit dans une crique à l'extérieur du domaine. Vous y verrez une cabane de pêcheur. Là vous trouverez des vivres qui vous permettront de tenir le temps que quelqu'un vienne vous chercher et vous conduise en lieu sûr. Tenez, prenez cette lampe de poche. Bonne chance Professeur ».*

L'exfiltration n'a pas duré plus d'une minute. Je rejoins le desk de l'hôtel, et prenant un air inquiet je dis :

« *Le Professeur n'est pas dans sa chambre. Il a laissé une lettre. Je crains le pire. Appelez la police s'il vous plait ».*

Pyla :
– Le Professeur en agent secret ! Cela éclaire sa disparition, d'un jour nouveau.

D'une part le Gouvernement Bordure qui ne voulait pas envenimer les relations bordo-syldaves en pleines négociations de Perd ; d'autre part le Gouvernement

Syldave qui n'avait aucun intérêt à ce qu'une enquête approfondie soit menée, enquête qui aurait pu aboutir à ce que les Services Secrets Bordures en viennent à vous démasquer. D'où le silence assourdissant des deux pays à l'annonce du *'suicide'* du Professeur. Cela arrangeait tout le monde.

Taga :
– En effet.

Pyla :
– Dites-moi, ce tunnel, est-il toujours praticable ?

Taga :
– Je ne sais pas. A ma connaissance, il n'a plus servi depuis cette époque. Si cela vous intéresse je pourrais vous y conduire, vous et vos amis, vendredi matin avant que vous nous quittiez.

Pyla :
– Avec plaisir. Savez-vous ce qu'est devenu le Professeur ?

Taga :
– Je n'en ai pas la moindre idée. Excusez-moi, le devoir m'appelle. C'est l'heure du repas. Je dois aller sonner la cloche.

Mardi 09/02/2021 – 18h00

Pyla, Agat & Paul

Pyla :

– Et c'est à ce moment-là que vous avez vu Caty sortir de la pinède et s'avancer sur la plage.

Paul :

– Oui Pyla. Elle s'est dirigée vers nous, son carnet de notes sous le bras. Nous l'avons invitée à se joindre à nous.

Pyla :

– Comment était-elle ?

Paul :

– Pâle, absente, absorbée dans ses pensées. Comme souvent depuis le début du stage.

Agat :

– A vrai dire, cette année elle n'est pas comme l'an dernier. Je ne la reconnais pas !

Paul :

– Vous avez raison Agat. Elle passe de moments d'excitation à de moments d'abattement. Des sautes d'humeur, des phobies comme cette habitude d'écrire toujours à l'ombre du même pin, des TOC comme manipuler un briquet sans relâche alors qu'elle ne fume pas. Elle est cyclothymique, bipolaire …

Pyla :

– Et puis, que s'est-il passé ?

Paul :

– Lucy avait laissé la bouteille de liqueur de topinambour sur la table. Caty s'en est servi un verre …

Agat :

– Deux verres, vous voulez dire Paul, deux verres bien pleins !

Paul :

– Oui deux verres ! Et ma foi, l'effet a été immédiat ! Des couleurs sont revenues sur son visage. Elle a retrouvé sa vivacité. Elle était tout excitée et nous a raconté qu'elle avait vu des morts dans la pinède, qu'ils discutaient entre eux, enfin une histoire abracadabrante.

Sur-ce la cloche a sonné. C'était l'heure du repas et nous nous sommes dirigés vers la maison.

Journal de Paula – Mardi 9 février 2021

Ce matin j'ai passé un grand moment avec Lucy. Je l'ai rejointe en cuisine et elle a gentiment accepté que je l'observe préparer notre repas.

« Je vais vous donner la recette du bortsch bordure » m'a-t-elle dit. *« A ne pas confondre avec le bortsch syldave »* a-t-elle précisé d'un ton sentencieux.

« D'abord, les légumes. Pour 4 personnes : 1 poireau, 500 grammes de chou, 500 grammes de betterave, 1 cèleri rave, 2 oignons doux des Cévennes et 1 kilogramme de topinambour bordure, Je précise, topinambour bordure et non pas ce topinambour syldave génétiquement modifié. C'est ce qui fait la différence.

Il faut également de la viande : 500 grammes de collet de bœuf et une queue de cochon bien tirebouchonnée. Porter à ébullition 1,5 litre d'eau salée. Plonger la viande et laisser cuire à gros bouillons 30 minutes.

Couper le chou en quatre et tailler les feuilles en fines lanières. Ciseler les oignons, couper les topinambours en tranches fines d'1 millimètre, peler le céleri, râper les betteraves, débiter le poireau en julienne. Mettre les légumes à cuire avec la viande pendant 1 heure à feu doux.

Retirer la viande de bœuf et la couper en dés. Trancher la queue de cochon en rondelles d'un centimètre. Disposer la viande dans des assiettes creuses, verser la soupe de légumes par-dessus et servir bien chaud. »

Pendant le temps de cette description je ne quitte pas Lucy des yeux et ne peux m'empêcher de m'interroger sur le rôle qu'elle tient au Domaine Beau Rivage. Trop belle, trop intelligente, trop cultivée pour n'être qu'une simple employée de maison. Plus proche de Pyug que de son propre mari Taga, à faire douter que Taga soit son mari ! Dans le moindre de ses gestes il émane d'elle une force de caractère digne d'une héroïne de tragédie grecque. Non pas Hermione qui va commanditer le meurtre de Pyrrhus et se suicider, ni Médée qui sacrifie ses enfants pour punir Jason. Non, elle est la patiente Pénélope qui sait que son heure viendra. Elle est une gagnante.

« Passons au dessert. Pour ce soir j'ai prévu un *soufflet de topinambour »* poursuit-elle.

« Pour 4 personnes il faut 500 grammes de topinambours, bordures naturellement, 4 œufs, 100 grammes de fromage râpé, 4 cuillérées de crème fraiche, 2 cuillérées de farine et 300 grammes de sucre roux.

Couper les topinambours en petits dés et faire cuire 20 minutes dans le panier du cuit-vapeur. Préchauffer le four à 150°. Ecraser en purée les topinambours. Ajouter la farine, les jaunes d'œufs, la crème fraiche et le fromage râpé. Bien mélanger. Ajouter ensuite 200 grammes de sucre en mélangeant à nouveau. Monter les blancs en neige et les incorporer délicatement à la préparation.

Beurrer un moule à soufflet et y verser la préparation. Saupoudrer avec le reste de sucre et mettre au four 30 minutes. Avant de servir, napper de crème de topinambour et de sucre glace »

J'ai hâte d'être à ce soir pour déguster ce dessert. Quant à Lucy, je vais la surveiller de près.

Mardi 09/02/2021 - 20h59

Album folium

*Aride solitude
de l'innocente page
face au stylo muet*

*Catherine :
   Quelle élégante façon de meubler une page blanche !*

Mardi 09/02/2021 - 21h00

Melano folium

Lucy :
– Et voilà le dessert. Un soufflet au topinambour nappé de crème de topinambour.

Puyg :
– Merci Lucy. Vous nous gâtez. Caty, vous disiez que vous aviez des difficultés à terminer vos ouvrages.

Caty :
– Oui, en effet, je souffre de ce défaut qui m'empoisonne la vie, ma vie d'autrice je veux dire. Il m'est très difficile de décider d'achever un roman, de pointfinaliser comme le dit si justement mon amie Paula. Enfin, pour être plus précise, je n'arrive pas à lâcher le stylo : je relis perpétuellement ce que j'ai déjà écrit et je trouve toujours quelque chose à changer. Un mot par-ci, une tournure de phrase par-là, un paragraphe qui ne me plait pas, et hop, je reprends la rédaction. Quand je rédige le chapitre 2, je relis le chapitre 1 et le modifie. Quand je rédige le chapitre 3, je relis le 1 et le 2 et leur apporte des modifications. Quand je rédige le chapitre 4, je relis le 1, le 2 et le 3. Et ainsi de suite. C'est sans fin.

Atal :
– Et si vous commenciez par le dernier chapitre …

Puyg :
– Ne vous moquez pas Atal ! Caty, vous souffrez du syndrome de la page noire. Tout le monde connaît le syndrome de la page blanche, celui qui atteint les auteurs en mal d'inspiration. Ils peinent à démarrer. Ils n'arrivent pas à accomplir le geste qui va lier leur intention d'écrire – par

définition, tout auteur a cette intention – à la réalisation de cette intention. Leur stylo est muet. Il a des ratés au démarrage. Vous, c'est l'inverse ; votre stylo refuse de se taire. Il fait de l'autoallumage.

Caty :

— Il y a certainement du vrai dans ce que vous dites, mais je crains que ce soit pire que cela. Je vous ai parlé de cette manie d'apporter sans arrêt des modifications au texte. Le plus souvent, je le fais volontairement pour tenter de l'améliorer. Mais, tenez-vous bien, vous n'allez pas me croire, il m'arrive que quelques fois ces modifications s'imposent d'elles-mêmes. Vous le savez, j'ai écrit un roman policier, « *L'alibi bis de l'ibis de Lybie* ». Dans ce polar, comme dans tout polar qui se respecte, il y avait un détective privé, une victime et un coupable. Eh bien, j'avais fini le manuscrit, l'affaire était bouclée, il ne me restait plus qu'à l'envoyer à l'éditeur, quand paf, j'ai du changer au dernier moment de coupable. Pourquoi me demanderez-vous ? Tout simplement parce que le coupable ne voulait plus l'être ! « *Vous faites fausse route Inspecteur. Votre accusation ne tient pas. D'ailleurs, j'ai un alibi* » et il me sort un alibi en béton de derrière les fagots, comme ça, tout à trac, sans même me prévenir.

Imaginez mon agacement : je n'avais plus de coupable. Du coup il me fallait donner les moyens au détective de démonter le faux alibi d'un ancien faux innocent qui deviendrait le nouveau vrai coupable. J'avais un personnage sous la main, une espèce de malade mental – un coupable idéal. Je lui propose le marché et vous savez quoi ? Il refuse à son tour et me présente non pas un, mais deux alibis (il était schizophrène). J'ai dû me rabattre sur un dernier personnage qui a accepté à condition que je lui trouve des circonstances atténuantes sinon il quittait le roman. Un personnage qui fait du chantage à son auteur ! Non mais, vous imaginez ça.

J'ai accepté le marché, mais il m'a fallu reprendre tout le texte depuis le début. Une vraie galère.

Puyg :

– Caty, votre cas n'est pas isolé. Les auteurs qui présentent le syndrome de la page noire sont atteints de vertige. Vertige que l'on ressent face au vide, ce vide qui attire, qui tente, qui pousse à s'approcher au plus près du bord, mais vertige qui heureusement nous évite de faire le pas de trop. Le vertige n'est pas la crainte du vide, ni la crainte de ne pouvoir résister à sauter dans ce vide, non, il est notre défense, il est la réaction physiologique qui nous sauve de l'acceptation psychologique de la chute.
Dans votre cas, le vide que vous appréhendez est celui de la fin de l'action d'écrire. Tous les prétextes sont bons pour en retarder l'échéance.

Caty :

– Oui, mais alors, comment s'en guérir ?

Puyg :

– Comment renoncer à ce besoin d'écrire qui vous habite et qui vous nourrit ? Ecrire vous est devenu nécessaire et mettre un point final à un texte serait pour vous comme arrêter de vous alimenter. Mais, réfléchissez : continuer d'écrire ne serait-il pas une forme de boulimie. Obésité versus Anorexie ? Non, il existe un juste milieu et pour le trouver commencez par analyser ce refus d'achever. Est-il la marque d'une peur de l'échec ? Il est vrai que tant qu'un texte n'est pas fini, il n'est pas soumis à la lecture, à la critique, voire à l'échec. Ce refus est-il le reflet marque d'un manque de confiance en vous ? Peut-être. Vous êtes perfectionniste ? La perfection n'est pas de ce monde, ni dans aucun autre d'ailleurs. Dans tous les cas, mon conseil est : pointfinalisez ou finalpointez comme vous voulez.

Caty :
— Merci Puyg. Finie cette fièvre d'écriture. Dorénavant, je mettrai un terme, oh Maître.

Agat :
— Un thermomètre ! Quelle idée ! Vous êtes souffrante Caty ? Puyg, avez-vous un remède contre le syndrome de la page blanche ?

Puyg :
— Se lancer. Laisser aller. Ne pas craindre la rature. Nourrissez-vous de cette envie d'écrire, emplissez-vous, bourrez-vous, gavez-vous, goinfrez-vous jusqu'à vomir la première phrase. Ensuite, ce n'est plus qu'une affaire de travail et de volonté.

Est-ce que certains parmi vous ont connu un de ces deux soucis ?

Paul :
— Personnellement non. Mais je connais un peintre, Culy Patga, un des théoriciens du courant '*abstraction poétique*', qui a du mal à accepter qu'une toile puisse être achevée. *« Quand décidez-vous qu'une œuvre est terminée ? »* ai-je eu l'occasion de lui demander. Je connaissais par avance sa réponse : *« Pour moi, elle n'est jamais terminée »*. N'avait-il pas récupéré certaines de ses toiles déjà vendues pour leur apporter quelques retouches avant de les rendre à leur propriétaire !

Considérant qu'une œuvre est, je le cite de mémoire, '*un message qui doit évoluer au rythme du chronomètre intérieur de son auteur pour transpirer dans ses contemplateurs*' il ne peut concevoir que cette influence ne puisse se poursuivre après la vente.

Tous les possesseurs de tableaux de Patga n'acceptent pas l'échange, certains craignant peut-être de moins aimer la nouvelle version, d'autres par principe : il y a toujours quelque chose de nouveau à découvrir dans une œuvre.

Dans toute production il y a ce que son auteur a mis et il y a ce que les spectateurs ou les lecteurs reçoivent.

Puyg :

– En cela il rejoint l'approche de Zao Wat Koi qui intitule ses œuvres de la date de leur création, *06.11.60* par exemple. Aucune marque de son intention, aucun indice pour en suggérer une interprétation. Zao Wat Koi donne du rêve. Celui qui observe ses œuvres est invité à plonger dans son univers pour y trouver sa propre représentation du monde.

Agat :

– On peut retoucher une peinture, quelques fameux palimpsestes sont là pour le prouver, on peut transformer une sculpture, mais comment imaginer des versions différentes d'un roman, d'un film ou d'une pièce de théâtre !

Paul :

– Certes, le roman, une fois écrit, l'est pour toujours. Des auteurs d'ailleurs le regrettent parfois ! Mais nous, lecteur, sommes-nous le même ? Ressentons-nous les mêmes émotions à 20 ans, à 40 ans ou à 60 ans en lisant le même texte, et voyant le même film. Et je ne parle pas des spectacles vivants pour lesquels un intervenant supplémentaire, chef d'orchestre, metteur en scène ou autre, imprime à l'œuvre sa propre vision et nous offre la possibilité de lui donner une existence nouvelle.

Les amis, sachez que tout ce que nous créons ne nous appartient plus. Nos romans nous échappent. Ils vivent leur propre vie, très souvent éphémère, quelques fois ils sont directement mort-nés, et même les plus valeureux ne résisteront pas à l'usure du temps. Mais, malgré leur faible espérance de vie, mettez-les au monde comme s'ils devaient être éternels.

Mercredi 10/02/2021 – 11h45

Agat & Pyla

Agat :
— Il est des mots qui s'imposent à notre mémoire par leur seule vêture sonore, mais dont la signification continue de nous rester opaque, soit que nous ne parvenions pas à la fixer en nous, soit que nous n'entreprenions rien pour la rechercher.

Ainsi en fut-il longtemps pour moi du mot « *sérendipité* » qui sonnait comme un composé bizarre de sérénité et de compassion. Des années durant, j'ai conservé « *sérendipité* » dans ma tête, me refusant d'en aller consulter le sens dans le dictionnaire, sans doute par crainte d'être déçue par une définition qui, en un brusque retour au principe de réalité, ruinerait tout le charme de sa consonance. Mais il y a peu de temps, retrouvant ce mot dans un texte à traduire et ne pouvant parvenir à en deviner le sens, et peut-être à cause d'un obscurcissement de l'esprit dû à ce charme même, j'ai dû me résoudre à recourir au dictionnaire de notre ami Paul Tagyc.

Sérendipité (nom fem. - 1925) :

1) Découverte heureuse ou inattendue
2) Faculté de discerner l'intérêt et la portée d'observations faites par hasard et sortant du cadre initial d'une recherche

Exemple : *« C'est par sérendipité que j'ai appris ce que signifiait 'sérendipité' »*

Ce mot désigne donc aussi bien l'objet trouvé si cher aux scientifiques, que la faculté, par eux développée au plus haut point, de discerner dans ces objets un potentiel accroissement de leurs connaissances. Et la révélation de cette double signification sonna en moi comme une trouvaille qui en redoubla le charme phonétique et, déjouant mes craintes, échoua à l'effacer.

Aussi, quand j'ai lu dans le *'10 d'Askali'* que mon ami et confrère Pÿa Tagluc, Professeur à l'Université de Spetch, donnait une conférence intitulée *« Créativité, Sérendipité et Versionologie »* dans le cadre du 3ème Symposium annuel consacré aux sciences meta trans et inter disciplinaires, je n'ai pas hésité une seconde à m'y inscrire. Je logeais tout comme lui à l'Hôtel Beau Rivage.

Pyla :

– Et comme nous tous, vous avez été déçue d'apprendre l'annulation de son intervention et sa disparition.

Agat :

– Je ne vous le fais pas dire. C'est une grande perte pour la Science. Nous avions prévu de passer un moment ensemble, en dehors du tumulte de la conférence, pour discuter d'une collaboration entre nos équipes. Malheureusement cela n'a pas pu se faire.

Vous intéressez-vous également à la Versionologie, Pyla ?

Pyla :

– En néophyte …

Agat :

– Dans ce cas, je vous conseille *« Versionologie : vers une théorie de la reformulation »* dans lequel Pÿa traite de l'étincelle germinale orgasmique et du relâchement neurovégétatif qui suit l'accomplissement introspectif. Bouleversant d'acuité !

Il a également publié des articles fort intéressants sur la Zemblanité – le fait de faire à dessein des découvertes qui s'avèreront malencontreuses. Ce phénomène est plus fréquent que la Sérendipité, ce qui s'explique facilement : la Sérendipité est le résultat d'un éclair d'intuition – dont peu de personnes font preuve – tandis que la Zemblanité, quant à elle, est le résultat d'une vaniteuse inconscience – caractéristique partagée par davantage de nos contemporains.

Pyla :

– N'est-ce pas la cloche que j'entends sonner ? Venez Agat, allons déjeuner.

Mercredi 10/02/2021 – 21h

Brouillonologie

Lucy
— Je vous apporte le dessert. Ce soir, un soufflet de topinambour à la crème anglaise.

Puyg :
— Merci Lucy. Vous nous gâtez.

Paula :
— Puyg, vous avez évoqué la 'brouillonologie', discipline théorisée par Pÿa Tagluc. Pouvez-vous nous en dire un peu plus, s'il vous plait.

Puyg :
— Bien volontiers. La brouillonologie est l'étude des traces d'une œuvre, traces laissées par l'auteur avant que cette œuvre ne voit le jour. On trouve dans ces traces toute la genèse de l'œuvre : des références historiques et politiques, le contexte socio-culturel de l'époque de sa création. Ce qui caractérise la brouillonologie, c'est l'intérêt qu'elle porte aux ratures, aux palimpsestes, aux repentirs. On y découvre les expériences intimes de l'auteur, ses états d'âme. Saviez-vous par exemple que c'est en analysant un feuillet furieusement froissé que l'on a su que Gustave Fauxblaire avait appris la tromperie de sa femme avec un certain Rodolphe. Cela éclaire d'un jour nouveau la lecture de son roman '*Madame Bovary*' et explique le pessimisme de l'auteur et accessoirement le sort funeste qu'il a réservé à son héroïne Emma.

Comme son nom l'indique, la principale source d'information sur laquelle repose la pratique de la Brouillonologie restent les gribouillis, les brouillons.

Malheureusement, il est très difficile de trouver des brouillons d'œuvres historiques. Les auteurs n'ont pas toujours laissé les traces de leurs corrections, n'ont pas toujours annoté leurs manuscrits, et quand ils l'ont fait, ces documents s'ils n'ont pas été perdus ou détruits, sont achetés par des collectionneurs qui les gardent secrètement et ne nous laissent pas les consulter. Saviez-vous que le manuscrit du « *Voyage au bout de la nuit* » de Louis-Ferdinand Céline s'était vendu près de deux millions d'euros et repose aujourd'hui au fond d'un coffre !

Dieu merci, aujourd'hui la grande majorité des auteurs n'écrivent plus à la plume d'oie, ne tapent pas sur des claviers d'Underwood ou de Remington mais utilisent des logiciels d'édition de textes qui ont pour avantage, hormis le silence, d'enregistrer toutes les modifications apportées aux documents. Ce progrès technologique va permettre de donner un vrai départ à la discipline.

Caty :
 – Mais vous, Puyg, avez-vous livré aux futurs chercheurs en Brouillonologie les brouillons de vos écrits ?

Puyg :
 – J'ai fait mieux : j'ai moi-même rédigé en parallèle de l'ouvrage « *Les nouvelles identités remarquables* » les états d'âme, les émotions, les idées qui m'ont traversé durant la rédaction des versions successives !

Ce roman est un polar. Un crime – précisons, l'action se déroule en huis clos – un détective et plusieurs coupables potentiels. Pour faire bref, dans la première version j'avais décidé d'un coupable, dans une deuxième version, j'ai changé pour un autre, dans une troisième, j'avais opté pour une coalition de plusieurs personnages mais cela ne tenait pas, trop complexe à réaliser, puis j'ai décidé dans une quatrième mouture d'un nouveau coupable, … avant d'en changer définitivement dans la version finale et revenir sur une précédente option. Je ne rentre pas dans les détails et ne vous dévoile pas la fin, ce n'est pas l'objet ici. Ce qui est intéressant, c'est que j'ai gardé trace de ces revirements. J'ai noté les différentes étapes de sa conception, l'intention initiale, les moments où l'imagination courrait plus vite que les doigts sur le clavier, les hasards sérendipitaires, la zemblanitude des fausses bonnes idées, les retours en arrière, la construction d'une version 'potable' puis sa remise en cause, les raisons qui m'ont fait modifier le scénario, les conséquences, quelquefois lourdes qu'elles ont entraînées, les moments où il me semblait que le texte se tenait, les moments – beaucoup plus fréquents – où je sentais un défaut dans l'enchaînement du récit, … Bref, j'ai inscrit dans ce document annexe la trace de tous mes errements, de mes doutes et certitudes, des décisions et de leurs contestations.

Mes amis, si j'avais un conseil à vous donner, ce serait de vous astreindre à l'exercice suivant : mener en parallèle la conception de l'objet et une réflexion sur la conception de l'objet, en deux mots, faire coexister écriture et méta-écriture.

Paula :

– Merci Puyg pour ce précieux conseil. Je ne manquerai pas de le suivre.

Journal de Paula – Jeudi 11 février 2021

Le huis clos auquel nous nous sommes tous accoutumés depuis bientôt une semaine n'est pas sans évoquer l'ambiance des romans d'Agatha Christie. Une unité de lieu, aucun échange entre les personnages et l'extérieur, il ne manque que la découverte d'un cadavre et un détective menant l'enquête pour nous trouver plongés dans une intrigue policière. Mais Dieu merci, il n'y a pas d'assassin parmi nous. Et si pas d'assassin, pas de victime.

Tiens ! Il me vient une idée : pourquoi ne pas tenter d'écrire un roman policier avec pour cadre le Domaine Beau Rivage ! Cela me changerait de mon journal intime … Bien, c'est décidé, va pour un polar. J'ai déjà le titre, « *Meurtre au Domaine Beau Rivage* » et le contexte : quelques personnages pittoresques, différents les uns des autres, mais liés par une passion commune, l'écriture, qui justifie qu'ils soient confinés dans un lieu clos. Il va me falloir choisir parmi eux une voire plusieurs victimes, un coupable et un enquêteur. Je dois également imaginer les circonstances du crime – un lieu précis et un mode opératoire. Naturellement, pour qu'il y ait suspense, il me faudra plusieurs suspects. L'enquêteur de ce roman va mettre à jour pour chacun de ces coupables potentiels les relations – et entre autres les griefs – qu'il entretenait avec la victime et du coup des mobiles du crime.

Comme dans tout bon polar qui se respecte, un jeu doit s'instaurer entre l'auteur, en l'occurrence moi, qui vais proposer une énigme et mes futurs lecteurs qui vont tenter de résoudre cette énigme. La construction de ce roman policier va reposer sur deux récits entrelacés.

Un premier, va s'intéresser aux personnages (qui sont-ils ? leur métier, leur vie familiale ? dans quel contextes social et historique vivent-ils ? dans quel environnement ? leurs relations mutuelles ? etc). Pour cela, je vais m'inspirer de mes compagnons de stage. En ce qui concerne Caty, que je connais bien, ce sera chose facile. Quant aux autres, avec un peu d'imagination je pense pouvoir leur composer un cv digne d'un tueur professionnel !

Le deuxième récit est celui de l'enquête. Ce récit sera réussi si je suscite et alimente l'imagination du lecteur, si je joue sur sa sagacité au fur et à mesure que l'enquête avance, mais en même temps il me faut l'amener sur des fausses pistes pour mieux le surprendre par la révélation du coupable.

Un moment clé articule ces deux récits : celui du crime lui-même (qui est le coupable, comment s'y est-il pris, quand, où ?). Dans les romans policiers classiques l'enquête démarre après la découverte du corps, et la description des circonstances du crime, distillées savamment par l'enquêteur, précède la révélation du coupable au public. Moins classique, en mode « *Inspecteur Colombo »,* l'auteur présente le crime dès le début et l'intérêt du roman va résider dans la conduite de l'enquête de l'inspecteur qui va progressivement, tel l'araignée tissant sa toile, confondre le coupable. Je vais rester classique : une victime découverte au tout début du roman, un coupable dévoilé à la fin. Bien, tout cela, c'est de la théorie. Passons à la pratique. Cluédons donc, dondaine et dondon !

Catherine :

Cluéder ! Le mot existe. Par sécurité, j'ai consulté le dictionnaire. Voyez vous-même :

> **Cluéder** *: v.t. de l'anglais* **clue**
> « Ensemble d'actions permettant de découvrir le lieu, l'arme et l'auteur d'un crime »

Premier ingrédient : les personnages. Nous sommes neuf : les dames (Caty, Agat, Lucy et moi, les hommes (Taga, Paul, Atal, Pyla et Puyg). Parmi eux un témoin narrateur, en l'occurrence une narratrice moi-même, un enquêteur, une victime – je vais me limiter à une – et un coupable. Pour des raisons évidentes, aucun personnage de l'intrigue ne peut tenir deux rôles. Je ne serai donc ni le coupable, ni l'enquêteur, ni la victime.

Qui peut tenir le rôle de l'enquêteur ? Assurément un des deux journalistes, avec une préférence pour Pyla. Il est curieux, limite indiscret. Au détour de conversations anodines il a le chic de glisser des questions personnelles telles que « *Votre amie Caty, depuis quand la connaissez-vous ?* », « *Paul et Agat forment un couple exquis, n'est-ce-pas ?* », « *Est-il vrai que Puyg vous a promis d'éditer votre prochain roman ?* » Il serait inspecteur de police en quête d'indices qu'il n'agirait pas autrement. Un piètre inspecteur cela dit. Sa façon de faire est cousue de fil blanc. Le criminel, je ne sais pas encore qui le sera mais ce sera quelqu'un de très habile, va lire son jeu comme dans un livre ouvert, s'insinuer dans son cerveau, le décrypter, downloader ses pensées. Une espèce de télépathage unidirectionnel.

> **Télépathage** *nom masculin*.
> « Résultat de l'action de télépather. On distingue plusieurs types de télépathages :
>   - Le télépathage bidirectionnel, et dans ce cas on parle de communion de pensées entre deux individus
>   - Le télépathage unidirectionnel, qui peut être partiel par downloadage (lire dans la pensée de l'autre) ou par uploadage (injecter des pensées chez l'autre).
>   - Le télépathage unidirectionnel complet procède par dowlodage et uploadage. Il conduit à la prise de contrôle total de la personne télépathée»
>
> **Télépathe** *nom masculin*.
> « Personne ayant la capacité d'injecter ou de lire des pensées ou des sentiments dans l'esprit d'un autre. »
>
> **Télépather** *verbe*
> « Communiquer par télépathie »
>
> **Télépathie** *nom féminin. du grec télé (distance) et patheia (ce que l'on éprouve)*
> « Communication directe, à distance et par la pensée entre individus »

A moins que, … ! A moins que l'inspecteur soit un faux naïf et agisse sottement pour endormir la méfiance du criminel. Un jeu du chat et de la souris entre les deux. Oui, je garde l'idée : <u>Pyla sera mon inspecteur</u>.

Deuxième ingrédient : le lieu et l'arme du crime. J'ai le choix. Planter un couteau en plein cœur en s'introduisant dans la chambre de la victime pendant son sommeil – l'assassinat par arme blanche est une pratique tout autant féminine que masculine qui permet de garder intactes les chances de chacun d'être le criminel. Assener avec un tisonnier ou un club de golf un violent coup sur l'arrière du crâne de la victime assise dans un fauteuil du salon – non, c'est un peu trop vieux-jeu. Abattre d'une balle de revolver à bout portant – pas assez discret. Tirer avec un fusil à lunette muni d'un silencieux, ou avec une arbalète, depuis le jardin et toucher la cible qui se tient sur la terrasse de sa chambre – bof. Empoisonner sa victime – choix qui présente l'avantage de provoquer des victimes collatérales et donc d'orienter l'enquête sur de fausses pistes. *Qui a accès à la cuisine ? La victime est-elle celle qui était visée* ? *etc.* Quoi d'autre ? … Pousser la victime du haut d'une falaise et faire croire à un accident ou bien une noyade provoquée. Non, déjà exploitée dans le film '*La Piscine*'…

Finalement, je vais retenir l'hypothèse de l'<u>arme blanche dans la chambre de la victime</u>.

Troisième ingrédient : le criminel. Lequel ou laquelle d'entre nous ferait un bon criminel ? Je retire Paul, trop vieux et physiquement diminué. Si je respecte une des vingt règles du roman policier de S.S. Van Dine

« *Règle 10 : L'auteur ne doit jamais choisir le criminel parmi le personnel domestique tel que valets, laquais, croupiers, cuisiniers ou autres* »

je retire également Taga et Lucy. Cela va me simplifier la tâche. Restent quatre. Un point important à creuser : la motivation du coupable. Si l'on en croit James Hadley Chase, un maître en la matière, on en compte trois :

l'honneur, l'argent et l'amour. On tue pour défendre son honneur, pour ne pas compromettre une position sociale (le criminel craint qu'une révélation brise sa carrière ; il élimine celui ou celle qui le menace ou le fait chanter, etc.), on tue pour gagner de l'argent ou ne pas en perdre (histoires d'héritage, ...), on tue par jalousie le (ou la) partenaire infidèle et/ou sa maîtresse (son amant).

Je n'ai pas envie de me lancer dans la description de déceptions sentimentales, le mari jaloux, la femme trompée, ou l'inverse. De plus, le crime d'amour ne rentre pas dans les canons du polar selon S.S. Van Dine :

« Règle 3 : Le véritable roman policier doit être exempt de toute intrigue amoureuse. Y introduire de l'amour serait déranger le mécanisme de résolution de l'énigme qui est de nature purement intellectuel »

Tuer pour de l'argent me paraît tout à fait mesquin. En conséquence, je vais choisir <u>un crime d'honneur</u>. De tous les criminels potentiels, à savoir Caty, Agat, Puyg et Atal, Puyg me semble être le coupable idéal. Il choisit les participants au stage ; il a ainsi un prétexte idéal pour faire venir à lui sa future victime et celle-ci, ne se doutant pas du sort qu'il lui réserve, ne sera pas sur ses gardes. De plus, il a l'avantage du terrain, il connait parfaitement le Domaine et peut compter sur l'aide de Taga et de Lucy. Allez, c'est décidé. Dans ce polar, dans mon futur roman policier, <u>le criminel sera Puyg</u> !

Qui sera la victime ? Un des stagiaires, certes, mais lequel parmi Caty, Agat, Paul et Atal ? J'écarte Paul. En revanche, un homme tuant une femme d'un coup de couteau sort vraiment de l'ordinaire. C'est tellement inconcevable que cela va conduire l'inspecteur sur des fausses pistes. Des deux femmes, laquelle choisir ? Bon, il faut trancher. <u>Je sacrifie mon amie Caty</u>.

Je résume donc : « *On s'inquiète de l'absence de Caty au petit déjeuner, Un personnage, Taga, va frapper à sa porte. Sans réponse il pénètre dans la chambre et la découvre poignardée. Pyla mène l'enquête et après avoir soupçonné Agat et moi-même puis Paul et Atal va finir par démasquer le coupable en la personne de Puyg* »

Il ne me reste plus qu'à imaginer les mobiles : d'une part celui qui a conduit Puyg à tuer Caty et d'autre part ceux qui auraient pu conduire les suspects à la tuer également.

J'arrête pour aujourd'hui. C'est l'heure des lectures de nos '*devoirs de vacances*' ! Je ne doute pas que cette séance va me donner des idées pour poursuivre mon roman policier.

Jeudi 11/02/2021 – 16h00

La Grande Bibal

— Puyg, je vais vous poser un ensemble de questions. Répondez sans retenue. Ce n'est pas du direct. La totalité de notre interview est enregistrée et avant la diffusion on procèdera, vous et moi, au montage.
— C'est d'accord.

A l'adresse du cameraman :
— On est prêts ?
— C'est bon, tu peux y aller.
— Ça tourne.

Une fois n'est pas coutume, chers téléspectateurs, mais ce soir nous ne diffusons pas notre émission depuis les studios de la rue Armagnacg Ache. En effet, nous avons déplacé notre équipe à Perd, magnifique station balnéaire sur la côte Karpiskienne, et plus précisément au Domaine Beau Rivage dans la demeure de Puyg Tacal.

Se tournant vers Puyg Tacal

Avant toute chose, je tiens à vous remercier au nom de toute la rédaction de 'La Grande Bibal' pour avoir la gentillesse de nous accueillir chez vous.

Vous êtes Directeur de Collection aux Presses Universitaires Bordures, votre œuvre littéraire est traduite dans une vingtaine de langues, vous êtes un écrivain connu et reconnu dans le monde entier et curieusement … on sait très peu de choses de vous !

Discret, Secret, Inaccessible, Farouche, Sauvage, Misanthrope, Asocial, comment vous qualifieriez-vous, Puyg ?

– Je ne me reconnais dans aucun de ces qualificatifs. J'aimerais plutôt qu'on dise de moi : Puyg Tacal est un homme prisonnier de sa passion.

Il est vrai que je sors rarement du Domaine. J'assure d'ici, en télétravail, et visio-conférence si besoin, mon rôle de directeur de la collection 'Rivière Grise' aux PUB. Si je ne participe à aucune manifestation sociale, ce n'est pas par misanthropie, croyez-moi, mais plutôt parce qu'une force me retient ici. Cette force, c'est ma passion pour la Littérature, une passion dévorante. J'ai découvert en ce lieu où nous nous trouvons aujourd'hui, l'endroit idéal pour lire et pour écrire. C'est un endroit à la fois reposant et inspirant, par moments mystérieux, étrange, énigmatique et par d'autres lumineux, étincelant, flamboyant. En un mot, un lieu magique qu'il m'est très difficile d'abandonner, ne serait-ce qu'une journée.

– Comme on vous comprend. Et encore une fois, merci de nous accueillir chez vous et d'avoir choisi notre chaîne pour parler de votre dernier ouvrage « Les nouvelles identités remarquables ».

Mais avant de parler littérature, une toute petite question : vous qui écrivez en langue bordo-syldavo-transylvestre pourquoi n'avez-vous pas choisi d'être interviewé pour les revues telles que le '10 d'Askali' ou le '20 d'Ikatif' ?

– Tout simplement parce que ces revues ne sont pas sérieuses. Elles font dans le sensationnel. Elles prennent les lecteurs pour des incultes et des imbéciles. Le '20' par exemple n'hésite pas à livrer de fausses informations, à alimenter la machine à

rumeurs et à donner la parole aux tenants de la théorie du complot.

– En effet. Nous avons tous en mémoire ces 'Dossiers Spéciaux' bourrés de contrevérités et de montages grossiers. Vous conviendrez cependant que le '10 d'Askali' ne recourt pas à de telles pratiques.

– Certes il n'introduit pas d'infox dans ses articles. Mais son titre dévoile à lui seul sa partialité : « 10 d'Askali , didascalie » ! Cette revue entend diriger le lecteur dans sa compréhension des faits rapportés, d'en figer leur interprétation en quelque sorte. C'est un organe qui ne fait que distiller de la pensée unique.

– Stop. Voyons Puyg, vous êtes sévère avec cette revue. Vous allez vous couper de la publicité qu'elle pourrait faire de votre roman.

– Non, non. J'assume.

– Ok, c'est comme vous voulez. On gardera. Reprenons !

– Puyg, vous êtes bien sévère avec cette revue. Une information n'est jamais objective, vous le savez. Une information n'est pas une donnée brute, une 'data' comme disent les anglophones. La donnée, elle, est objective. Par exemple, ce thermomètre indique qu'il fait 25° Celsius. Cette donnée peut être juste ou erronée si le thermomètre est mal réglé, elle est plus ou moins précise, mais elle est Objective. En revanche, à l'instant où je décide de dire ou d'écrire « Aujourd'hui la température à Perd est de 25° Celsius » cette donnée devient de l'Information Subjective. Pourquoi ? Parce qu'elle est issue d'un choix subjectif : le mien, celui que j'ai fait de la rendre

publique, de m'en servir pour une raison qui m'appartient et que je vous contrains de partager.

– Certes. Je vous l'accorde. Toute Information est une Donnée Subjectivée ; elle ne peut être lavée de toute neutralité ; elle est choisie par un individu, voire plusieurs, pour être livrée à un ou plusieurs destinataires via un media. Disons que dans le cas du '10 d'Askali' je n'apprécie pas toujours le choix des informations que cette revue diffuse.

Vous connaissez certainement la notion de 'Quantité d'Information' contenue dans un message. C'est une mesure liée à la probabilité d'apparition de ce message. En gros, un message sera d'autant plus informatif qu'il aura peu de chance d'advenir. Je vous donne un exemple :

Supposons que le message « un gros orage approche sur le golf de Perd » soit diffusé. Il contient une certaine quantité d'information. Si le même message est émis un instant plus tard, il portera une quantité d'information inférieure dans la mesure où on a déjà reçu cette information. Et ainsi de suite. Il y a fort à parier qu'à sa $n^{ième}$ diffusion, la quantité d'information délivrée sera proche de 0.

Mais cela ne veut pas dire que cette répétition elle-même n'est pas porteuse d'information. Le même message, par sa répétition, va véhiculer, au-delà de la donnée météorologique un sentiment de stress. L'orage devient tempête, cyclone, tsunami ...

Eh bien, c'est ce principe qui est exploité, à plus ou moins grande échelle, dans toute la presse d'opinion qui ne cesse de marteler sa propagande. C'est également ce que l'on retrouve malheureusement dans le phénomène de propagation des rumeurs.

− Excusez-moi, mais je pense que l'on va couper ce passage dans notre interview. C'est intéressant mais un peu trop technique et carrément hors du cadre de l'émission.
− Pas de problème.
− Reprenons.

− Parlons si vous le voulez bien de votre dernier roman « Les nouvelles identités remarquables ». Tout d'abord, une question naïve : Pourquoi ce titre ?

− Un jeu. Ce titre est un jeu de piste. Précisons : un jeu de piste anagrammatique. A vous d'en découvrir la clef ! Je peux vous donner un indice : nous tous, vous, moi, tout un chacun, sommes des êtres complexes, pluriels, des créatures à moitié Janus et à moitié Hydre de Lerne. Un pas dans le passé, un pas dans l'avenir conscient que le présent n'existe pas ; des êtres qui se forgent des identités fugaces, des identités qu'ils gomment et remplacent selon les circonstances comme l'hydre le faisait de ses têtes tranchées.

− Pouvez-vous nous brosser succinctement l'intrigue de votre roman.

− Succinctement ! Un auteur à succès disparait mystérieusement de son domicile. Qui est-il ? Est-il celui que l'on croit qu'il est ? A-t-il été enlevé ? Par qui ? S'est-il enfui et si oui, que fuyait-il ? Est-il mort et si oui, est-ce un accident, est-ce un crime, est-ce un suicide ? L'enquête est confiée à un inspecteur très pointilleux, une espèce d'Hercule Poirot à la bordure, qui va découvrir la vraie identité de la victime et la raison de sa disparition.

Voilà ! On ne peut pas faire plus succinct, n'est-ce pas ?

– En effet. Puyg, cela fait de nombreuses années que vous n'avez rien publié. Pouvez-vous nous dire pourquoi ce silence et pourquoi l'avoir rompu aujourd'hui ?

– Pourquoi un auteur écrit, un peintre peint, un compositeur compose ? Pourquoi parfois cessent-ils de le faire ? Pourquoi décident-ils de montrer leurs œuvres ou à l'inverse de les garder cachées ? Autant de réponses à ces questions qu'il y a de peintres, d'auteurs ou de compositeurs.

Pour ma part, durant ces années je n'ai jamais cessé d'écrire. Simplement je n'ai pas publié ce que j'écrivais.

Directeur de la collection 'Rivière Grise', vous vous doutez que j'ai reçu au cours de ces années un bon nombre de manuscrits. A chaque fois, je me suis amusé à analyser les raisons pour lesquelles leurs auteurs écrivaient.

Celui-ci écrit par besoin. Quelque chose l'anime de l'intérieur qui demande à lui échapper. Il ressent un besoin irrépressible de s'exprimer et de partager ses envies, ses convictions, ses rêves, ses doutes. Celui-là va écrire pour expliquer la marche du monde, voire comment le transformer. Il va manifester son engagement politique, tenter de convaincre et pourquoi pas recruter. Quelques fois il fait rêver ses lecteurs d'un ailleurs, d'un autre temps, d'une autre vie. Cet autre va se raconter. Il rêve sa propre vie. Il respire par les poumons de ses personnages, il aime par leur cœur. Il se ment à lui-même et vit par procuration des aventures qui ne lui arriveront jamais.

Il se dévoile tout en se cachant, il se cache tout en se dévoilant.

Cet autre écrit 'par profession'. Machinalement, mécaniquement. Il fait un roman de 360 pages par an, on compte 6 mois entre la relecture, l'impression et la mise sur les rayons, il lui reste 180 jours pour l'écrire, soit 2 pages par jour en moyenne ! Faisable.

Ce dernier enfin écrit pour faire passer du temps à ses lecteurs en leur racontant des histoires, plus ou moins identiques d'une fois sur l'autre. Généralement il possède un excellent don de conteur.

Au-delà de leur différence, tous ces auteurs partagent une motivation profonde : exister et persister. Ce qui distingue l'homme de l'animal, c'est cette conscience qu'il a de sa fugacité. Il habite entre deux éternités : l'une où il n'existait pas encore, l'autre où il n'existera plus. Dans l'intervalle, une poussière de vie. Cette tranche de temps, il va avidement tenter – et plus ou moins bien réussir – à la peupler.

Pour défier son inutilité, pour donner du sens à son existence l'homme crée des mythes et des dieux et invente des histoires, Par la science, il va tenter d'expliquer, par la philosophie chercher à comprendre, et par sagesse renoncer à le faire …

Et faute de repousser l'échéance, il entend laisser une trace de son passage. Un théorème, un titre de livre, une photo, une plaque de rue, un souvenir dans l'esprit d'un enfant, …

Mais cette course est perdue d'avance. Sa trace, et au mieux, la trace de sa trace finiront inexorablement dans un vide sidéral.

– *Revenons à votre roman « Les nouvelles identités remarquables ». L'action se situe ici même, dans votre propriété ; un des personnages principaux est un auteur à succès ; cet auteur disparait dans des circonstances mystérieuses. Avouez qu'il est difficile de ne pas faire le rapprochement avec votre propre existence. Je vais me risquer à une interprétation psychanalytique : la disparition du personnage-auteur de votre roman ne serait-elle pas une figuration de votre silence littéraire durant ces longues années, de votre 'mort' en tant qu'écrivain. Et de ce point de vue, « Les nouvelles identités remarquables » serait en quelque sorte la marque de votre résurrection. Tel le Sphinx, Puyg, vous renaissez à la littérature grâce au feu de votre passion créatrice qui couvait en vous.*

– *Quelle belle image. C'est en effet une vision pertinente. J'ai soufflé sur les braises pendant plus de 10 ans, j'ai entretenu ce feu qui vient du plus profond de moi-même. J'étais un volcan en sommeil, dont le cône a fini par sauter et …*

– Excusez-moi. Pouvez-vous supprimer la référence au Sphinx et finir votre réplique sur '…. *Et de ce point de vue, « Les nouvelles identités remarquables » serait en quelque sorte la marque de votre résurrection.*

– Pas de problème. On reprend.

'… *Et de ce point de vue, « Les nouvelles identités remarquables » serait en quelque sorte la marque de votre résurrection.*

– *Dieu, que cette interprétation est intéressante et je l'avoue fort pertinente. Quelle belle image. Tel le Sphinx, je suis revenu à la littérature grâce au feu d'une passion créatrice qui couvait en moi. Durant ces longues années, j'ai soufflé sur ses braises, j'ai entretenu ce feu qui vient du plus profond de moi-même.*

Je savais que ma décision de ne pas me compromettre avec les instances ministérielles risquait de me conduire irrémédiablement à l'oubli. Mais c'était un risque calculé. J'ai tenu bon malgré les supplices que je m'infligeais. Je vivais un vrai martyre, mais j'avais l'intime conviction – conviction que je partageais avec une douzaine d'amis avec qui j'avais l'habitude de déjeuner, en fait onze car l'un d'entre eux m'a trahi – qu'au bout de tant de souffrances la notoriété viendrait du fait même de ce silence assourdissant dans lequel je m'étais muré. Le pari a été gagnant : mon message, pardon, mon livre va être édité. Je renais en tant qu'auteur.

Eh oui, on peut donc en effet parler de résurrection. Et je vais vous faire une révélation apocalyptique – pardonnez-moi le pléonasme. Ma résurrection va s'achever d'ici peu par un retour conjoint au néant et à la postérité :« Les nouvelles identités remarquables » sera le dernier roman publié sous mon nom. Je tire ma révérence d'auteur. On ne verra plus aucun Puyg Tacal dans les rayons 'Nouveautés' des librairies.

– En voilà, un scoop ! Pouvez-vous nous en donner la raison ?

– Vous devez vous en douter. Vous avez noté que l'action du roman se déroulait ici même, que le personnage principal était un écrivain et que ce personnage disparaissait mystérieusement. Eh bien, j'annonce que je vais disparaître dès demain. Ne m'en demandez pas plus : je n'en connais pas moi-même les circonstances exactes !

—. On va conclure l'entretien là-dessus. Encore merci Puyg de nous avoir ouvert votre porte.

— Coupez !

Voilà. C'est dans la boîte. Nous allons vous laisser. Encore merci Puyg

— Je vous en prie. Merci de vous être déplacés. Taga va vous raccompagner. Il est temps que je rejoigne les stagiaires. Aujourd'hui, c'est la lecture commune de leur *devoir de vacances*. Un exercice d'improvisation très enrichissant pour eux comme pour moi.

Jeudi 11/02/2021 – 17h30

Lectures

Paula :

   […]

   Chers amis, vous n'êtes pas venus pour passer une semaine d'isolement mais pour partager ce bonheur d'écrire qui nous anime tous et pour échanger sur nos expériences, nos doutes, nos hésitations et nos … fulgurances.

C'est sur ces mots que j'ai arrêté l'écriture quotidienne de mon journal. J'ai profité de ce beau temps pour me promener dans la pinède et j'ai poussé jusqu'à la plage voir le soleil se coucher.

Caty :

   – Dis-donc, Paula, on ne peut pas dire que tu te sois foulée !

Paula :

   – Tu as raison Caty. Ce devoir, mes amis, ne m'a pas demandé beaucoup d'efforts. Je vous dois une explication.

   Le soir de mon arrivée, comme tous les soirs, j'ai pratiqué mon exercice quotidien : poursuivre la rédaction de mon journal. Hier, au moment de faire le '*devoir de vacances*' que nous avait demandé Puyg, j'ai relu mes notes. Je savais que j'y trouverais le début de l'histoire qu'il nous fallait compléter. Illumination sérendipitaire ! Le compte-rendu de ma journée du vendredi 5 débutait précisément par l'invitation de Puyg à poursuivre un récit. En décrivant ma journée, j'avais fait coup double : la page de mon journal et le *'devoir de vacances'*. Et de plus, je n'avais pas à imaginer le sort de l'écrivain découvert par sa femme de ménage. Est-il mort assassiné ou s'est-il suicidé ? A-t-il été enlevé ? S'est-il enfui ? A quel sort voulait-il échapper ?

En choisissant de laisser l'histoire en suspens je n'ai pas eu à me poser ces questions, ..., et à plus forte raison à y répondre ! Certes, j'ai cédé à la facilité, Caty. Mais tu sais, je n'ai jamais su inventer des histoires.

Puyg :

– Merci Paula. Caty, vous ne pouvez pas dire que Paula a cédé à la facilité. C'est injuste. Elle nous a rendu un *'copie'* tout à fait intéressante et de grande qualité. Mes amis, cet exercice avait pour objectif de vous révéler, si besoin était, quel auteur vous êtes. Paula a rendu un devoir qui correspond à sa personnalité, par la forme, par le style, mais également par le choix qu'elle a fait de la façon d'aborder et traiter le sujet. Elle nous a montré toutes ses qualités de narratrice et je ne saurais que l'encourager à poursuivre dans cette voie.

Caty :

– Excuse-moi Paula, je n'ai pas voulu te reprocher une quelconque facilité. Tu es mon amie, tu le sais. Et puis, tu exagères quand tu dis que tu n'as pas d'imagination.

Paula :

– Caty, tu sais très bien que mon journal n'est pas le compte-rendu d'une réunion de conseil d'administration ! J'y note des impressions, des idées pour un roman et naturellement je transforme la réalité, surtout si cette réalité me concerne personnellement. Un moyen de préserver mon intimité, certainement. Les mensonges ça existe, tu le sais, et c'est quelquefois la vérité qui est inventée.

Puyg :

– Paula, je serais heureux que vous me fassiez passer le manuscrit de votre prochain roman. Je suis prêt à parier qu'il aura une grande chance d'être publié aux éditions *'Rivière Grise'*.

C'est à vous Caty. Pouvez-vous nous faire part de votre travail, s'il vous plait. Que s'est-il passé quand la domestique a pénétré dans le bureau de l'écrivain ?

Caty :

– Les amis, j'en ai fait deux versions. Commençons par la première. Je vous situe le contexte. 3 personnages : Yug, un auteur à succès, reclus dans une grande propriété en compagnie de Lucy, sa secrétaire et Taga, homme à tout faire. Ces derniers habitent dans une dépendance, à l'écart de la demeure de Yug. Lucy, une femme ambitieuse et cupide, rêve de s'emparer d'une façon ou d'une autre de la fortune de l'auteur. Taga est un homme simple, amoureux secrètement de Lucy, prêt à tout pour elle.

Ce matin-là comme à son habitude Lucy se rend chez Yug. Cela fait maintenant deux ans qu'elle est au service de l'écrivain. Elle a pu l'observer attentivement ; elle connaît toutes ses habitudes.

Elle a découvert qu'il entretient depuis un an une relation épistolaire avec une professeure de littérature nommée P. Ces lettres, Yug les conserve dans une boite en bois d'ébène sculptée et ornée d'incrustations d'ivoire, bien en vue sur son bureau. Lucy n'a pu s'empêcher d'y jeter un œil. Enfin, plus qu'un œil ; elle les a lues attentivement.

Les premières étaient de nature professionnelle. P (précision : P ne signe ses lettres que d'une initiale) demandait des conseils à Yug, *« Quel livre lui conseillait-il de lire ?', 'Que pensait-il de tel ou tel auteur ?', 'Quel éditeur pour publier le roman qu'elle venait d'achever ?' »* etc, etc. Yug devait certainement y répondre car P lui en était reconnaissante et le remerciait immanquablement dans la lettre suivante.

Puis, progressivement le sujet des lettres s'est écarté de la littérature. P parlait de philosophie, ou d'histoire tout en collant au plus près à l'actualité. Elle livrait son opinion sans retenue et interrogeait Yug sur les siennes. Petit à petit on pouvait sentir qu'une certaine connivence d'esprit s'établissait entre eux. Puis ces lettres sont devenues de plus en plus intimes jusqu'à être, pour les dernières, le signe qu'un amour enflammé pour Yug venait de naître chez P. La complicité littéraire qui les liait initialement s'était transformée chez elle en une passion dévorante.

Celle de la semaine passée ne faisait aucun doute sur l'issue qu'elle envisageait pour leur relation : P viendrait rejoindre Yug au Domaine pour y passer une semaine. Le prétexte était tout trouvé : elle s'était inscrite au prochain stage de littérature qu'il organisait une fois par an. Ils allaient transformer leurs échanges virtuels en une union des plus concrètes et enfin vivre leur amour au grand jour !

Cette dernière lettre a fait l'effet d'une bombe dans l'esprit de Lucy. Si P vient retrouver Yug, c'en est fini de son projet. Il faut absolument retourner la situation en sa faveur. Après tout, Yug et P ne se sont jamais rencontrés physiquement. Peut-être sera-t-il déçu en la voyant. Et puis, Lucy connait suffisamment Yug pour savoir qu'il est un homme d'une grande retenue. Dans ses réponses à P il devait certainement faire preuve de beaucoup d'attention, voire d'affection vis-à-vis d'elle, mais Lucy ne pouvait concevoir qu'il puisse avoir fait la moindre déclaration d'amour à P.

« *Tout n'est pas perdu !* » se persuade-t-elle lorsqu'elle pénètre chez Yug, décidée à passer à l'offensive. Jusque-là, Yug n'a pas semblé être insensible à son physique. Elle est belle, incontestablement, elle possède l'expérience et le charme qu'ont les femmes autour de la quarantaine et auxquels ces messieurs résistent difficilement, et surtout, surtout, elle dispose d'une arme ultime : la volonté de séduire. *« A toi de jouer ma Lucy ! »*

Ce matin-là, donc, elle se présente chez Yug et comme à l'habitude, va dans la cuisine et leur prépare le café. Yug l'a rejointe. Il semble soucieux.

- Lucy :

Quelque chose vous préoccupe, Yug ?

- Yug :

En effet, Lucy. J'ai confiance en vous et j'ai besoin d'un conseil. Je fais appel à votre bon sens et à votre connaissance de la psychologie féminine, si tant est qu'elle soit différente de celle des hommes.

- Lucy :

Je vous écoute.

- Yug :

Voilà. Vous savez que la semaine prochaine se tient le stage de littérature que j'organise tous les ans. Parmi nos invités, il y aura une stagiaire qui vient pour la première fois. Nous échangeons par courrier depuis quelques mois et, mais vous allez me dire ce que vous en pensez, j'ai la conviction qu'elle ne vient pas que pour parler littérature ! Tenez, lisez.

Yug tend une lettre à Lucy. Lucy la reconnait immédiatement. C'est la dernière que P a envoyée. Lucy fait mine de la lire. Elle saurait la réciter par cœur. Elle en connaît la phrase de fin, celle qui précisément l'a conduite à réagir aujourd'hui :

Et nous aurons ainsi l'occasion de vivre notre amour pleinement au grand jour. P.

- Lucy :

C'est la lettre de votre amoureuse qui vous préoccupe ?

- Yug :

Oui car pour tout vous dire, ce n'est pas mon amoureuse, enfin, plus précisément, elle déclare m'aimer mais moi je ne suis pas amoureux d'elle. Je ne la connais pas, si ce n'est que par les lettres qu'elle m'adresse. Je la verrai pour la première fois la semaine prochaine.

- Lucy :

Que craignez-vous ? De succomber à ses charmes ? Il y a pire, ne croyez-vous pas ?

- Yug :

Lucy, j'ai l'impression que cet amour est factice et que son inscription au stage n'est qu'un prétexte pour cacher une entreprise néfaste. Ou alors, elle n'a pas toute sa tête, c'est une malade sortie d'un hôpital psychiatrique et qui ne prend plus sa Clozapine, que sais-je …

- Lucy :

Qu'attendez-vous de moi ?

- Yug :

S'il vous plait. Rapprochez-vous d'elle durant le stage. Observez-la. Faites-la parler. Dites-moi ce que vous en pensez.

- Lucy :

Vous pouvez compter sur moi.

Paula :

– Tu nous fais languir, Caty. Peux-tu abréger s'il te plait.

Caty :

– Ok. Dans un premier temps Yug refuse les avances de P. mais finalement il succombe à ses charmes. Lucy les surprend et, de rage, les abat tous deux à coups de couteau. Elle maquille le crime en un acte commis par des voleurs. Voici la suite que j'ai imaginée :

- Venons-en au fait, voulez-vous. Ce n'est pas pour cela que vous avez appelé la police, non ?

- Voilà, j'y viens. Bon, et bien ce matin, comme tous les matins, Lucy a frappé à sa porte pour le ménage. C'est toujours ce qu'elle fait, bien qu'elle possède la clé de la maison. Aucun signe, aucun bruit. Elle a ouvert la porte et ... s'est rendue à la cuisine pour préparer le petit déjeuner. Des trainées de sang jonchent le sol. Elle les suit et arrivée dans le bureau découvre les cadavres de notre maître et d'une jeune femme. Ils sont chacun sur un fauteuil, attachés solidement, des traces de coups et des entailles faites avec un couteau sur leur visage. Il règne un grand désordre dans la pièce ; les livres de la bibliothèque ont été jetés par terre, les tiroirs du meuble secrétaire ont été ouverts, des papiers jonchent le sol. Tout indique que les voleurs cherchaient un document et ont torturé les victimes pour en connaitre la cachette.

Puyg :

– Caty, vous avez parlé d'une autre version de votre '*devoir de vacances*'. Vous pouvez nous la proposer s'il vous plait.

Caty :

– Dans cette seconde mouture, j'ai apporté une légère modification. Yug est toujours l'auteur à succès, reclus dans sa grande propriété en compagnie de Lucy, qui n'est plus secrétaire mais cuisinière et femme de ménage, et de son mari Taga, l'homme à tout faire. Lucy est la maitresse de Yug.

Ce matin-là comme à son habitude Lucy se rend chez Yug. Cela fait maintenant deux ans qu'elle est au service de l'écrivain. Depuis quand dure leur liaison ? Yug pourrait le dater exactement : le 20/05/2005, un mois jour pour jour après que Lucy est entrée à son service.

Cela faisait plusieurs mois qu'il vivait reclus dans sa maison avec Mr Slip, son chat, avant de se résoudre à rompre sa solitude. Il avait embauché Taga, un légionnaire qui avait fini son temps d'engagement et qui cherchait du travail. Yug avait jugé qu'il était l'homme de la situation : physiquement impressionnant, dur au mal, fidèle, aguerri au combat, il serait le garde du corps idéal. Taga s'était présenté après avoir vu l'annonce que Yug avait passée dans le journal local :

Cherche homme de confiance, pour jardinage, menus travaux de maison et assurer sécurité. Logé sur place.

Il était venu accompagné de Lucy. Bien lui en avait pris : Yug avait immédiatement été séduit par la beauté et la candeur de la jeune femme. Il avait proposé sur le champ de les embaucher tous les deux. Logés dans une maisonnette située sur le

Domaine, nourris, une voiture à leur disposition, une rémunération fort convenable, la place était bonne et l'offre alléchante. De son côté Lucy n'est pas insensible au charme du lieu ... et à la fortune de son propriétaire. L'affaire avait été vite conclue.

Leur liaison a débuté dès le mois suivant l'embauche. Depuis, ils se retrouvent chaque jour. Le rituel est immuable. Elle monte directement dans la chambre de Yug et ...

Puyg :

– S'il vous plait, Caty, pouvez-vous nous éviter le détail des ébats ...

Caty :

– Ok. Je saute.

Lucy descend ensuite faire le café qu'ils prennent ensemble dans la cuisine. Puis, pendant qu'elle s'affaire à la préparation du repas du midi, il lui lit les pages qu'il a écrites la veille. Au début elle se contentait d'écouter d'une oreille attentive. Yug l'observait et notait ses réactions. Un sourire d'acquiescement le rassurait, un froncement de sourcils le faisait s'interroger et relire le passage avec un œil critique. Le plus souvent le jugement silencieux de Lucy faisait écho au sien ; il proposait alors une nouvelle formulation, puis une autre, puis encore une autre jusqu'à obtenir l'accord tacite du regard de Lucy.

Au fil des séances, Yug sollicite l'avis de Lucy de plus en plus directement. Il ne se contente plus de ses réactions muettes et il a pris l'habitude d'interrompre la lecture pour lui demander son avis.

« Dis-moi ce que tu penses de ce passage ? » ou *« Puis-je savoir ce que tu ressens, là, spontanément ? »* ou encore : *« Comment aurais-tu réagi si tu avais été ce personnage ?»*

Et c'est ainsi que Lucy est devenue nécessaire à Yug. Depuis plusieurs semaines avec l'aide précieuse de Lucy, Yug travaille sur son prochain ouvrage.

Un matin Yug est d'une humeur particulièrement radieuse.

- Yug :

Et je crois que je tiens une idée. J'ai trouvé l'épilogue du roman. Ecoute.

> *« Je meurs satisfait : j'ai trouvé le moyen d'écrire une autobiographie complète.*
> *Je me suicide ! »*

Qu'en penses-tu ?

- Lucy : Astucieux et imparable ! C'est le suicide 'parfait'. Quelle fin pour ce roman !

Au moment où elle prononce cette remarque Lucy a un éclair. *Suicide parfait, crime parfait*. La voilà l'occasion tant attendue.

- Yug :

Ce roman, nous allons le cosigner, comme promis. Cet après-midi, j'envoie le manuscrit à l'éditeur : *'Rencontres entre auteurs et personnages'* signé Lucy Pagat et Yug Talpac. Je préciserai que c'est toi qui percevras les droits d'auteur de cet ouvrage. Alors, satisfaite ?

Le soir même Lucy met au point son plan : éliminer Yug en faisant passer sa mort pour un suicide. Demain elle s'approchera tendrement de lui, se tiendra par-dessus son épaule en lui passant la main dans les cheveux, lui tirera une balle dans la tempe, mettra l'arme dans la main de Yug – pour les empreintes – qu'elle laissera tomber à ses pieds. Puis elle prendra la page manuscrite sur laquelle Yug a rédigé les dernières phrases du roman,

> *« Je meurs satisfait : j'ai trouvé le moyen d'écrire une autobiographie complète.*
> *Je me suicide ! »*

la glissera dans une enveloppe qu'elle déposera bien en vue sur le bureau.

La suite donc :

> *- Venons-en au fait, voulez-vous. Ce n'est pas pour cela que vous avez appelé la police, non ?*
>
> *- Voilà, j'y viens. Bon, et bien ce matin, comme tous les matins, Lucy a frappé à sa porte pour le ménage. C'est toujours ce qu'elle fait, bien qu'elle possède la clé de la maison. Aucun signe, aucun bruit. Elle a ouvert la porte et… s'est rendue dans le bureau. Là elle a vu notre maître mort, baignant dans son sang un pistolet en main. Une enveloppe est posée bien en évidence sur le meuble secrétaire …*

Puyg :

– Pauvre écrivain, victime de la passion que lui vouent les femmes ! Dans chacune des versions il décède, assassiné sous les coups d'une femme jalouse ou d'une maitresse cupide. Auriez-vous l'intention de me faire passer de vie à trépas, ma chère Caty ?

Caty :

– Voyons Puyg ! Vous voyez bien que je n'entre dans aucune des catégories de tueuses ! Vous n'avez rien à craindre de moi. Mais qui sait, j'ai peut-être suggéré des idées malfaisantes à … Paula !

Se tournant vers Paula :

Je plaisante Paula !

Paula :

– Je n'en doute pas Caty.

Puyg :

– Caty, je retrouve dans votre '*devoir de vacances*' tout ce qui vous caractérise : une imagination débordante. C'est une grande qualité que vous avez là. Cultivez-la, laissez-vous conduire où elle vous entraine. Voyez-vous, parfois on m'interroge : « *Avant de débuter un roman, avez-vous une idée de ce que vous allez raconter ?* » Drôle de question ! Peut-on penser qu'un roman se construit sans intention préalable ? Certes non ! En revanche, à la question « *Avant de débuter un roman, savez-vous comment il va s'achever ?* » la réponse est plus nuancée. Souvent, bien sûr que oui, je sais où je vais ! Mais parfois, ce sont les personnages eux-mêmes qui décident de l'issue. L'un décide de prendre une voie, en croise un autre qui passait par là, se ravise et revient en arrière. Le second, à son tour, se détourne de son chemin, et tout ce beau monde se retrouve ailleurs que là où je l'avais prévu.

Caty, c'est comme ça que vous fonctionnez : je sens que vous laissez vos personnages libres d'agir. Ils vous entrainent sur des pistes inconnues où vous avez plaisir à les suivre. Et à un moment donné, vous sifflez la fin de la récréation – '*dans les rangs les enfants, de d'ordre et de la discipline s'il vous plait*' – et vous reprenez le contrôle, ... jusqu'à la prochaine incartade.

Cela donne de la vivacité à vos récits. Poursuivez dans cette voie.

Bien, Atal, pouvez-vous nous livrer le fruit de votre travail, s'il vous plait.

Atal :

– Les amis, vous savez, je ne suis pas écrivain et je vous demanderai de faire preuve d'indulgence à mon égard …

Puyg :

– Atal, nous ne sommes pas là pour vous juger mais pour vous aider. N'ayez crainte.

Atal :

– Je me lance :

- Venons-en au fait, voulez-vous. Ce n'est pas pour cela que vous avez appelé la police, non ?

- Voilà, j'y viens. Bon, et bien ce matin, comme tous les matins, Lucy a frappé à sa porte pour le ménage. C'est toujours ce qu'elle fait, bien qu'elle possède la clé de la maison. Aucun signe, aucun bruit. Elle a ouvert la porte et... s'est rendue dans le bureau. Là elle a vu notre maître en proie à une grande excitation. Il marche de la fenêtre au meuble secrétaire puis du meuble secrétaire à la fenêtre, s'arrête un instant puis recommence son va et vient.

- Monsieur, Monsieur, que vous arrive-t-il ?

- Vous n'allez pas me croire Lucy. J'ai été enlevé par des extraterrestres. Je faisais mon footing comme tous les matins quand j'ai vu dans le ciel un objet brillant, une soucoupe, qui se déplaçait à une vitesse extraordinaire. Puis cet objet s'est immobilisé au-dessus de la plage, une trappe s'est ouverte d'où une

échelle a été déroulée. Un individu en est descendu et m'a invité à le suivre. Nous avons grimpé à l'échelle. La trappe s'est refermée. J'étais dans une vaste salle circulaire. De larges baies vitrées permettaient de voir sur 360 degrés. Au centre il y avait, posés sur un bureau, des écrans de contrôle que des individus en habit de cosmonaute scrutaient attentivement. ...

Puyg :

— Merci Atal. Je suppose que votre '*devoir de vacances*' va fortement inspirer l'article du prochain numéro spécial du '*20 d'Ikatif*'. Je vois d'ici le titre en couverture : « *Mystère au Domaine Beau Rivage* ». Ce sera un plaisir pour nous de découvrir la suite de cette aventure dans votre revue.

Atal :

— En effet. Le prochain numéro spécial va porter sur le Domaine Beau Rivage qui, comme chacun sait, fait partie des lieux de notre planète à posséder une méta-énergie transdimensionnelle. Cela dit, comme Caty, j'ai hésité moi-aussi entre plusieurs versions. Au départ je pensais parler de métempsychose et de NDE, Near Death Experience, vous savez, cette sensation qu'ont des individus qui sont restés dans le coma et qui à leur réveil décrivent une grande lumière au bout d'un tunnel – j'aime bien cette idée de tunnel vers la mort – un sentiment de paix, une décorporation enfin tout un tas de phénomènes extraordinaires qui leur font croire qu'ils sont morts puis revenus à la vie. Mais il faut que je me documente. Ce sera pour un prochain numéro du '*20 d'Ikatif*', certainement celui qui traitera de l'île Burnsnaeghefellsborjuskibrennisteinsfjökull en Rislande. J'ai déjà un début de scénario : un vulcanologue-écrivain qui fait un reportage sur le volcan de l'île, s'approche de trop près du cratère, respire des vapeurs soufrées sortant du gouffre et meurt. Peu de temps après il ressuscite dans la peau d'un autre personnage – un berger transylvestre, un inspecteur de police bordure, un espion syldave, un académicien, que sais-je – et raconte son aller-retour dans l'au-delà. Je sens que cela va faire un carton.

Puyg :

– Nous attendrons avec patience de pouvoir lire vos dossiers spéciaux. Encore merci Atal. Agat, à vous.

Agat :

– Voici ma version : Mr Talpac, l'écrivain, a toujours suscité beaucoup de jalousie de la part d'écrivaillons et de gratte-papier qui refusaient de voir dans son succès leur propre incapacité à produire un roman digne d'être publié. C'est le lot de tout écrivain à succès. Ce qui l'est moins, c'est la campagne de dénigrement qu'il est en train de subir depuis quelques mois. On l'accuse de plagiat, on le traite de voleur. Il n'est pas un jour sans qu'un tweet ou un article dans les réseaux sociaux n'affirme qu'il profite de sa position de directeur de publication pour accaparer les idées d'innocents auteurs qui lui auraient fait parvenir leur manuscrit. Pourtant, aucune preuve n'est venue étayer ces allégations.

Dans un premier temps Mr Talpac a naturellement nié ces accusations, mais comment voulez-vous lutter contre la rumeur et les fake news. C'est sans fin. Il a renoncé à se battre et à défendre son honneur. Instinctivement il s'est recroquevillé. Il en est venu à penser qu'il méritait un tel traitement du fait même de sa notoriété. Il s'est construit une image de martyre : il serait celui par lequel les mensonges que véhiculent les réseaux sociaux finiraient par disparaitre. Il participerait au grand nettoyage du net. Il en serait l'étincelle et le monde reconnaissant retiendrait son sacrifice. Son cas serait étudié dans les écoles de journalistes, La loi changerait …

Bref, comme on dit aujourd'hui, Mr Talpac a pété un boulon. Voici la suite que j'ai imaginée :

- Venons-en au fait, voulez-vous. Ce n'est pas pour cela que vous avez appelé la police, non ?
- Voilà, j'y viens. Bon, et bien ce matin, comme tous les matins, Lucy a frappé à sa porte pour le ménage. C'est toujours ce qu'elle fait, bien qu'elle possède la clé de la maison. Aucun signe, aucun bruit. Elle a ouvert le porte et… est entrée. Comme à son habitude, elle a préparé le café et elle se rend vers le bureau, le plateau du petit déjeuner en main. L'écrivain est là, baignant dans son sang. Une lettre est posée sur le meuble secrétaire :

La guerre qui se joue sur les réseaux sociaux voit s'affronter indistinctement des faits avérés, des opinions, des témoignages, des certitudes, des canulars, des calomnies, des mensonges, de la publicité, de la propagande. L'issue de cette guerre ne fait malheureusement aucun doute : la vérité n'y gagne jamais, elle étouffe puis se dissout dans un océan de cynisme. La vraie Connaissance n'est plus co-naissance mais mort programmée.

Yug

Puyg :
– Décidément, ce pauvre écrivain n'a pas de chance. Après avoir été assassiné, voilà maintenant qu'il est accusé à tort de plagiat et qu'il se suicide !

Agat :

– Puyg, vous êtes tombé dans le piège ! Pour l'instant, tout porte à croire au suicide d'une personne hypersensible vaincue par une rumeur infondée. En réalité, l'écrivain est réellement un voleur qui a profité de sa position pour s'accaparer le travail d'une jeune autrice, Paule. Heureusement, cette dernière avait eu la précaution de déposer chez un huissier son manuscrit avant de le proposer aux éditions dirigées par notre homme. Lorsque le roman est paru, la preuve du plagiat était facile à produire.

Dans un premier temps la jeune femme a menacé de divulguer toute l'affaire. L'auteur lui a alors proposé un marché : contre son silence ils cosigneront son prochain roman. Non seulement elle touchera la moitié des droits d'auteur mais surtout elle va acquérir une certaine renommée. Et puis, tiens, il s'engage à publier dans sa collection ses futurs romans. Sa carrière d'écrivaine est toute tracée.

La jeune autrice accepte l'offre. Le manuscrit déposé chez l'huissier est remis à l'écrivain en échange d'un contrat d'édition de tous les romans écrits par elle-même.

Puyg :

– Mais alors, pourquoi l'auteur s'est-il suicidé ?

Agat :

– Qui vous parle de suicide ? Lucy trouve son maître baignant dans son sang. La lettre ne fait pas mention d'une volonté de se suicider ! Puyg, seriez-vous tombé dans un piège d'auteur ? C'est pourtant une des leçons que vous enseignez dans vos stages : lancer le lecteur sur une fausse piste, puis, avant qu'il ne s'y perde, le rattraper et le diriger vers une autre, …

Puyg :

– Oui ! Bien joué ! Je me suis fait piéger, mais, à voir le visage de nos amis, je pense ne pas avoir été le seul. C'est le moment de nous rattraper Agat, avant que nous nous perdions : *Comment est mort l'écrivain ?*

Agat :

– Etes-vous sûr, cher Puyg, de vouloir le savoir ? Croyez-vous que le lecteur désire être mis sur le bon chemin ? Et s'il préférait finalement rester dans le labyrinthe, quitte à se perdre définitivement ! Ne le guidons pas, laissons-le à sa guise achever l'histoire comme il l'entend.

J'arrête là mon *'devoir de vacances'* ; je vous confie la jeune écrivaine et l'auteur voleur d'idées. Ces personnages ne m'appartiennent plus, ils sont à vous. Leurs destins sont entre vos mains.

Puyg :

– Merci Agat. Belle leçon. A vous Pyla

Pyla :

– J'ai totalement modifié le contexte. Je vous transporte en pleine guerre froide. Le Domaine Beau Rivage est le centre de pilotage des actions des Services Secrets Bordures. Lucy et Taga en sont membres et notre homme, Yug, en est le Directeur. Son métier d'écrivain est une couverture. J'ai également introduit un nouveau personnage, un espion nommé Tomas.

Puyg :

– Pas de problème, Pyla. On vous écoute.

Pyla :

– Voilà. L'histoire se poursuit ainsi :

- Venons-en au fait, voulez-vous. Ce n'est pas pour cela que vous m'avez appelé ?

- Voilà, j'y viens. Bon, et bien ce matin, comme tous les matins, Lucy a frappé à sa porte pour le

ménage. C'est toujours ce qu'elle fait, bien qu'elle possède la clé de la maison. Aucun signe, aucun bruit. Elle a ouvert la porte et est entrée. Notre Maître est là, le magazine **小騙子** *en main :*

« Seigneur, ils l'ont fait. Vous rendez-vous compte, Lucy, ils l'ont fait »

« Qui Monsieur ? Et qu'ont-ils fait ? »

« Les Syldaves. Un laboratoire de l'Université de Spetch. Une expérience ! Ils ont réussi à modifier le code génétique du polyneoptera blattodea topinamboura, vous savez, l'insecte qui s'attaque aux plans de topinambour. D'après l'article, ce nouveau variant serait insectivore et s'attaquerait à ses propres congénères »

« C'est fantastique ! »

« C'est fantastique pour le topinambour, certes, mais pas pour notre pays. Si l'on ne fait rien la Syldavie ne va plus importer nos pesticides – manque à gagner pour notre industrie chimique – elle va produire un topinambour biologique et moins cher qui va inonder nos marchés – fin de notre agriculture et de notre indépendance alimentaire. Nous devons réagir avant le développement industriel de cette découverte. Dites à Taga de se rendre à Spetch et se procurer, coûte que coûte, la procédure de mutation génétique du polyneoptera blattodea topinamboura et … faire en sorte que nous en soyons les seuls détenteurs. Il a carte blanche. Tous les moyens sont

bons, destruction du laboratoire, kidnapping des chercheurs, assassinat, ..., c'est vous qui voyez ».

- Et c'est pour éviter une reprise de la guerre entre la Bordurie et la Syldavie que vous m'avez contacté. Vous avez bien fait, Taga.

Puyg :
– Merci Pyla. Bigre. Décidément, il s'en passe des drôles en ce lieu. A vous Paul.

Paul :
– Mon *'devoir de vacances'* est inspiré d'un article paru dans la Gazette de Cluj du mois dernier.

Je vais vous raconter l'histoire d'un pauvre berger Mihaï C. dernier né d'une fratrie de 12 enfants à Pilounov, petit village de Transylvestrie, entre Brasovski et Cibiunitch. Sa famille est très pauvre et, comme tous ses frères et sœurs dès l'âge de sept ans il travaille à la ferme familiale. A dix-huit ans il quitte le village et parcourt les routes.

Durant quelques mois il loue ses bras pour gagner son pain quotidien. Il couche dans les granges au milieu des animaux ou quelquefois en pleine nature. L'homme est travailleur, volontaire et solide ; il ne tarde pas à se faire embaucher comme garçon de ferme à Aradov. Sa dure journée de travail finie dans les champs de topinambours, il retrouve les hommes du village à la taverne. C'est là qu'il dépense quelques pièces de son maigre salaire en compagnie de camarades de beuveries.

Un jour, en rentrant à la ferme un peu plus éméché que de coutume il se fait voler le peu qu'il possède : sa carte d'identité et trois lei de monnaie. La seule chose qui lui reste en poche est la photo prise dans la basse-cour de la ferme de ses parents ; il a dix ans et tient fièrement en bout de bras un lièvre par les oreilles. Derrière la photo, on peut lire ces mots rédigés d'une écriture enfantine :

Mon premier trophée
Mihaï C. Pilounov

Mihaï C. poursuit sa dure vie de labeur sans anicroches et oublie rapidement cet épisode. Au gré des opportunités il se déplace de village en village laissant derrière lui l'image d'un homme certes un peu frustre mais loyal et travailleur. Durant 20 ans il parcourt les campagnes et les forêts transylvestres. On le croisera à Panticeu, à Brancovenesti, à Camarasu, à Rimetea ou encore à Tarnaveni.

L'été dernier il arrive à Paltinis et, comme l'exige la loi, il se présente à la Gendarmerie en précisant dans quelle ferme il est engagé. Les gendarmes lui demandent de justifier son identité, chose qu'il ne peut faire depuis la perte de ses documents. Jusque-là, la procédure se déroulait au mieux : les gendarmes contactaient leurs collègues de Pilounov, village natif de Mihaï, ainsi que ceux du village que Mihaï C. venait de quitter précédemment. A chaque reprise, aucun méfait, aucune dette à l'auberge, rien qui ne puisse faire douter de l'honnêteté de Mihaï C. Or ce jour-là, rien ne se passe comme prévu. Je cite l'article de la Gazette de Cluj. C'est Mihaï qui parle :

Les gendarmes m'ont fait patienter, le temps de vérifier que tout était correct. Pendant qu'ils téléphonaient je voyais bien qu'il se passait quelque chose ; ils me regardaient subrepticement par-dessus leur épaule, s'agitaient, discutaient à voix basse. Puis, d'un coup, ils se sont jetés sur moi, m'ont menotté et attaché à un radiateur du poste de police.

Comment t'appelles-tu ?
Mihaï C.
C'est faux ! Comment t'appelles-tu ?

...
Ils m'ont battu jusqu'au soir. Je me suis évanoui plusieurs fois. Vers huit heures et demie, fatigués, ils m'ont laissé seul, toujours attaché. Je suis resté ainsi jusqu'au lendemain. Au matin deux policiers sont arrivés de Sibiu. Ils m'ont dit que je ne pouvais pas être Mihaï C., qu'il était mort depuis un mois, qu'il était enterré au cimetière de Pilounov, que je l'avais volé, puis tué et que j'avais usurpé son identité. La preuve ? Cette photo que j'avais dans ma poche, cette photo de lui, jeune avec son premier trophée !

> *Comment t'appelles-tu ?*
> *Mihaï C.*
> *C'est faux ! Comment t'appelles-tu ?*
> *...*

Deux jours ! Cela a duré deux jours. Les coups pleuvaient.

> *Conduisez-moi à Pilounov et vous verrez que vous vous trompez !*

Ils ont fini par accepter et les voilà à Pilounov. Mihaï encadré de deux gendarmes traverse le village sous les yeux inquiets des habitants. Puis ils se rendent au cimetière. Le gardien, en voyant Mihaï, se signe nerveusement, une fois, deux fois, trois fois, se retourne et part à toutes jambes. Mihaï et les gendarmes entrent dans le cimetière et se dirigent vers une butte de terre récemment élevée. Là, une croix faite de deux planches de bois clouées grossièrement est plantée dans le sol. Sur un écriteau on peut lire : *« Ci-gît Mihaï C. »*

Aucune fleur ne la décore. Totalement hébété, Mihaï fixe la croix longuement.

Déjà des villageois les entourent et dévisagent l'homme menotté. Aucun d'eux, et parmi ceux-là sont des frères et des sœurs de Mihaï, aucun d'eux ne reconnait dans ce visage amaigri et tuméfié sous les coups des gendarmes celui du frère, de l'ami ou du voisin. Ils sont silencieux et totalement immobiles, leurs regards figés fixant un mort-vivant vivant !

Une vieille femme se détache du groupe et s'approche de Mihaï en claudiquant, une canne à la main. Elle le regarde droit dans les yeux pendant de longues secondes. Elle lui touche le menton, elle lui caresse la joue. Ses lèvres sont prises d'un tremblement, des larmes coulent sur son visage. Elle entoure Mihaï de ses bras.

Vingt ans sont passés, vingt ans qui ont durci les traits de l'enfant qu'il était lorsqu'il avait quitté la maison familiale. Elle veut reconnaître son fils. Elle veut croire à son retour, son cœur de mère le lui implore. Mais elle n'y parvient pas, son esprit ne peut l'accepter. En Transylvestrie, on ne revient pas du royaume des morts ; ou alors, si l'on en revient, c'est signe de malheur. Elle s'écarte de Mihaï, se retourne lentement et sans un mot quitte le cimetière de sa démarche douloureuse de coxalgique, avec tout le poids du monde sur ses épaules. Le sort en est jeté ; plus rien ne peut désormais sauver Mihaï.

Puig :
– Que s'était-il passé ?

Paul :
– Le mois précédent, un homme a été découvert mort à Sibiu, assassiné d'un coup de couteau en plein cœur. Il portait des papiers au nom de Mihaï C. C'était un des membres de l'équipe qui l'avait agressé des années auparavant. Il avait conservé les papiers et vivait sous une fausse identité. Au cours d'une rixe avec une bande rivale, il avait reçu un mauvais coup et ses complices l'avaient abandonné. Selon le médecin légiste, la mort remontait à un mois. La gendarmerie de Sibiu a prévenu celle de Pilounov de la découverte du corps, laquelle a demandé à la famille C. de venir identifier le défunt et rapatrier la dépouille. Cinq semaines après sa mort, le corps s'était décomposé. Personne n'a pris la peine de procéder à des contrôles plus détaillés pour vérifier l'identité du défunt. C'est ainsi que les parents de Mihaï ont ramené à la maison déjà empaqueté dans un sac mortuaire étanche celui qu'on leur a dit être leur garçon et qu'ils ont enterré au cimetière de Pilounov.

Puyg :
– Triste destin que celui de ce Mihaï ! Merci Paul. Comment allez-vous intégrer cette histoire à votre *'devoir de vacances'* ?

Paul :
– Tout simplement, vous allez voir :

- Venons-en au fait, voulez-vous. Ce n'est pas pour cela que vous avez appelé la police, non ?

- Voilà, j'y viens. Bon, et bien ce matin, comme tous les matins, Lucy a frappé à sa porte pour le ménage. C'est toujours ce qu'elle fait, bien qu'elle possède la clé de la maison. Aucun signe, aucun bruit. Elle a ouvert la porte et est entrée. Comme à son habitude, elle prépare le café et se rend vers le

bureau, le plateau du petit déjeuner en main. L'écrivain est là, la Gazette de Cluj en mains. Quelle histoire extraordinaire Lucy ! Ecoutez cela :

« Un jeune homme, appelons le M. quitte sa famille. Durant 20 ans il travaille sans donner de ses nouvelles. Il se fait dérober ses papiers d'identité par un voleur qui se fait passer dorénavant pour M. Un jour le voleur meurt assassiné. Son corps est restitué à la famille de M. et est enterré dans le caveau familial. Pour un motif futile M. se présente à la Gendarmerie. Il ne peut justifier de sa véritable identité et après une si longue absence ses parents ne reconnaissent pas en lui leur propre fils. Il est inculpé du meurtre du voleur, du meurtre de lui-même ! Je tiens là une idée pour mon prochain roman. »

- Et alors ? C'est pour cette histoire à dormir debout que vous m'avez fait venir. Non, mais, vous croyez que je n'ai que cela à faire ...

- En fait, c'est notre Maître qui a eu l'idée de vous faire venir. Il voudrait avoir votre avis d'expert : Est-ce possible qu'un homme ne soit pas reconnu par ses proches après une très longue absence ? Avez-vous connu un tel cas ?

Puyg :

– Félicitations Paul. Vous avez bien récupéré le coup. Après un crime, un enlèvement, un suicide, voilà maintenant un auto-meurtre ! Je pense que nous avons fait le tour de tout ce qui pouvait arriver à ce pauvre écrivain fictif.

Les amis, vous ne pouvez pas savoir à quel point je suis satisfait de la qualité de vos exercices d'improvisation dirigée. Vous avez joué le jeu, vous avez fait preuve d'imagination, de rigueur et de cohérence dans les récits, vous avez respecté les consignes. Je m'attendais à du très bon, nous avons eu de l'excellent. Un grand bravo à vous tous et un grand merci. Cette semaine passée en votre compagnie est pour moi une bénédiction. Ces partages, ces échanges, cette passion qui nous anime sont la flamme qui brûle dans mon cœur durant les périodes de solitude, la nourriture spirituelle qui alimente mon quotidien. Pour tout cela je vous suis infiniment reconnaissant.

Je vous invite maintenant à vous diriger vers la salle à manger. C'est notre dernière soirée en commun et pour l'occasion Lucy nous a concocté un repas de gala.

Jeudi 11/02/2021 – 23h00

Dernière soirée

– Puyg, je me fais le porte-parole de chacun d'entre nous. Quelle belle soirée vous nous avez offerte ! Tout était parfait. Le repas délicieux que nous a préparé Lucy, les derniers rayons du soleil se dérobant à l'horizon et plongeant dans le noir des abîmes, la veillée sur la plage, l'ambiance détendue, facilitée certainement par la dégustation d'alcool de topinambour au son du Buena Vista Social Club, vraiment, cette semaine de stage s'est achevée en apothéose.

Demain chacun va rentrer chez soi, accompagné sur le chemin du retour par le plaisir, qui deviendra au cours des mois le souvenir nostalgique d'un plaisir, d'avoir passé une semaine sereine loin des contingences et des trépidations de nos vies ordinaires, avec le sentiment d'avoir travaillé efficacement sur nos projets, d'avoir approfondi notre pratique, d'avoir progressé – sans avoir ressenti les efforts pour y parvenir – et l'espoir de pouvoir renouveler cette expérience, car oui, il s'agit bien d'une expérience, en février de l'an prochain. Au nom de tous, merci.

Puyg :
– Qui sait où nous serons dans un an, mais oui, si Dieu nous prête vie, retrouvons-nous en février 2022 pour une nouvelle … expérience.

Vendredi 12/02/2021 – 09h00

Pyla & Puyg

Pyla :

– Alors, Puyg, rassuré ? La semaine s'est déroulée merveilleusement. Les stagiaires sont sur le point de partir et vous êtes encore … vivant !

Puyg :

– En effet, Pyla, je m'étais inquiété pour rien. Dites-moi, avez-vous pu découvrir qui en était l'auteur ? Avez-vous une piste ?

Pyla :

– Je vous remettrai un rapport complet avant de quitter le Domaine. Pour résumer, aucun de nos compagnons n'avait de motif de vous en vouloir au point de vous supprimer. Bien au contraire. Ils ont tous apprécié la qualité de votre analyse et les conseils que vous leur avez prodigués. Et puis, imaginez-vous un seul d'entre eux susceptible de faire une blague aussi sinistre et saugrenue. Non ! Les lettres de menace étaient l'œuvre de quelqu'un extérieur à notre groupe, un triste plaisantin si je peux me permettre cet oxymore. Continuez à vivre au calme du Domaine Beau Rivage en compagnie de Lucy et de Taga qui veillent sur votre sécurité.

Puyg

– Je vous remercie, Pyla. Je vais saluer chacun de nos compagnons avant qu'ils ne nous quittent, un conseil à l'un, un encouragement à un autre et un grand merci à tous. On se retrouvera ensuite si vous voulez bien.

Pyla :

– A tout à l'heure Puyg.

Au cœur de l'enquête

− Je vais vous raconter une histoire …

Quand j'étais enfant la vie n'était pas facile pour mes 11 frères et moi. Le vent passait sous le seuil des portes, les vitres s'opacifiaient d'une cataracte de givre, la pluie traversait la toiture ; c'était la misère. Les repas étaient parfois remplacés par un coup de sifflet bref. Je ne tirais aucun avantage d'être le plus jeune ; bien au contraire, je me faisais souvent voler ma part par les plus grands sans que mes parents ne lèvent le petit doigt. Aussi j'ai très rapidement développé le goût pour la solitude. Ne me parlez pas des membres de ma famille aujourd'hui ; je ne saurais vous en dire le moindre mot : je les ai quittés pour ne plus jamais les revoir.

Le jeudi était le jour de la 'Vache qui rit '. La boite de douze convenait parfaitement aux besoins de la famille. Mes frères se jetaient avidement sur leur portion pendant que j'en détachais consciencieusement l'étiquette et la rangeais dans une boite … de 'Vache qui rit' où elle venait tenir compagnie à ses prédécesseuses. Une fois mon repas avalé, je jouais avec elles, je les comptais et les recomptais. Ma collection grandissait de semaines en semaines. Parmi mes vaches, l'une avait ma préférence et j'avais pris l'habitude de discuter avec elle. Je lui racontais ma vie, lui révélais des secrets. Et ce dont je suis sûr, c'est qu'elle les gardait pour elle.

Un jour où j'étais plus triste que d'habitude, je lui demandai : « Mais pourquoi ris-tu ? Qu'est-ce qui te rend aussi joyeuse ? »

« Je vais te le dire, mon grand. Tes frères ne prêtent aucune attention à moi ; ils remplissent leur ventre mais pas leur cerveau. Toi tu prends le temps de m'observer. Je t'ai même vu prendre une loupe. Tu as noté que je portais des boucles d'oreilles. Sur chaque boucle d'oreilles est dessinée une boite de 'Vache qui rit' et sur cette boite on voit une vache, une vache comme moi, qui rit et porte des boucles d'oreilles sur lesquelles sont dessinées des boites de 'Vache qui rit' qui à leur tour ... Eh bien, vois-tu, ce qui me rend gaie, c'est que parmi les enfants qui mangent ma pâte, il y en aura qui comme toi seront curieux, se poseront des questions, tenteront d'aller au fond des choses, d'approfondir leurs connaissances, en verront les limites et gagneront en sagesse. Je suis gaie parce que je sais que j'aurais servi à quelque chose qui me dépasse »

Du temps est passé. J'ai perdu la boite contenant les étiquettes. Aujourd'hui, je ne peux affirmer si cette conversation est vraie ou si je l'ai rêvée. Mais ce qui est sûr, c'est que cette étiquette sur la boite de 'Vache qui rit' a éveillé en moi ce goût pour la recherche de la vérité au plus profond qu'elle puisse être cachée.

```
-   Merci   pour   cette   belle   histoire,
Inspecteur. Dans  dix  secondes  on  est  en
direct. Ne vous étonnez pas si par moments
on coupe l'émission pour placer une page de
publicité.
 A l'adresse du preneur de son :
-  On est prêts ?
-  C'est bon, tu peux y aller.
-  Ca tourne.
```

Chers téléspectateurs, notre émission '*Au cœur de l'enquête*' de ce soir est consacrée au crime connu sous le nom de *Crime du Domaine Beau Rivage*, qui a couté la vie à l'auteur à succès Puyg Tacal. Le 12 février 2021 l'écrivain et directeur des éditions '*Rivière*

Grise' était découvert dans son bureau, assassiné d'un coup de couteau en plein cœur. Nous avons la chance et l'honneur d'accueillir ce soir l'Inspecteur Atal Pugyc qui était chargé de l'enquête. Il va dévoiler comment il a pu dérouler les fils entremêlés de cette affaire pour finalement aboutir à sa résolution. ...

– Bonjour Inspecteur. Une première question. Vous étiez au Domaine Beau Rivage au moment du crime. C'est même vous qui l'avez trouvé mort dans son bureau. Comment se fait-il ?

– En effet, j'étais présent durant cette semaine de stage organisée par Puyg Tacal. Il avait contacté le Commissariat de Perd une quinzaine de jours plus tôt. Il venait de recevoir des lettres de menace et il craignait pour sa vie. Il soupçonnait l'un des participants à son stage de littérature d'en être l'auteur. Nous avons naturellement pris ces lettres au sérieux. Pour pouvoir être sur place et enquêter au plus près je m'étais inscrit au stage. Je l'avais appelé au téléphone en me faisant passer pour un journaliste qui voulait écrire un livre sur l'histoire du Domaine Beau Rivage, qui désirait améliorer son style, qui avait besoin de conseils, et bla et bla.... Il restait une place disponible, j'ai insisté un peu et il a finalement accepté que je me joigne aux participants. Il ne me connaissait pas et je ne lui ai pas dévoilé mon identité ni le vrai motif de ma présence.

J'ai eu la surprise de constater en arrivant au Domaine que Puyg Tacal avait chargé Pyla Gatuc, un ancien policier devenu détective privé, de découvrir l'auteur des lettres de menace et accessoirement de le protéger. Le détective était lui aussi inscrit au stage, sous le prétexte d'une fausse enquête sur la disparition du Professeur Pÿa Tagluc qui avait eu lieu ici même, au Domaine Beau Rivage il y a dix-sept ans. Je connaissais Pyla de réputation. Un dur à cuire, agissant en solitaire et qui s'était fait renvoyer de la police pour avoir franchi la ligne rouge dans une sombre affaire de trafic de jus de topinambour. Lui ne me connaissait pas. Je ne lui ai pas révélé la véritable raison de ma présence et sans nous concerter nous avons l'un et l'autre veillé sur Puyg.

– Et malgré cette double surveillance, il a été assassiné !

– Double surveillance n'est pas le terme exact. Vous allez pouvoir le constater…

– Durant la semaine, n'avez–vous pas eu des soupçons sur l'identité de l'auteur des lettres de menace et du potentiel criminel ?

– Des soupçons me demandez-vous ? Pas vraiment, bien que j'ai découvert que quatre stagiaires, Paula, Caty, Paul et Agat entretenaient des relations particulières avec Puyg.

– Paula ?

– Oui. Il y a très longtemps elle avait envoyé un manuscrit aux éditions 'Rivière Grise'. Ce manuscrit n'a pas été publié et lui a été renvoyé. Or, elle s'est aperçu que des extraits de son texte avaient été repris dans un roman de Yug Talpac, un auteur édité par 'Rivière Grise'. J'ai pensé un instant qu'elle aurait pu être tentée de se venger.

– Vous avez abandonné cette piste ?

– Oui car Paula n'a pas caché cet épisode passé. De plus, lors de la lecture des devoirs de vacances, et devant tous les participants, Puyg avait félicité Paula et lui avait fait miroiter l'espoir de la publier. Quand ils se sont rencontrés en tête à tête le vendredi du départ, il lui a signé un contrat lui garantissant la publication de ses trois prochains romans. Elle m'a montré ce contrat. Paula lui en était très reconnaissante et n'avait aucun intérêt à l'éliminer.

– Et Caty ?

– Ah ! Caty ! C'est autre chose ! Elle était amoureuse de Puyg et mentalement perturbée. Ses allusions durant la semaine pour orienter les soupçons sur Paula m'ont intrigué. Dans chaque version de son improvisation, l'écrivain meurt assassiné. Dans l'une, elle désigne même la meurtrière sous l'initiale « P ». P comme Paula ? Cela m'a conduit à élaborer un scénario : Caty, amoureuse éconduite veut éliminer Puyg. Sachant qu'un manuscrit écrit par Paula avait été refusé par les éditions 'Rivière Grise' dont Puyg est le Directeur, elle convainc son amie de s'inscrire au stage, afin qu'elle identifie Puyg comme celui qui a entravé son destin d'écrivain, en vienne à nourrir du ressentiment envers lui et le tue. Mais Paula n'est pas une criminelle et le plan de Caty ne se déroule pas comme prévu. Elle en est réduite à commettre le crime elle-même.

– Hypothèse un peu tordue ! Quid de Agat Cyplu et Paul Tagyc ?

– Ah, ces deux-là, ils se sont bien joués de nous. Agat m'a livré une information, que l'on aurait de toute façon apprise très bientôt en lisant l'ouvrage 'La Vérité sur l'affaire Pÿa Tagluc' : Pÿa Tagluc et Paul Tagyc étaient une seule et même personne. Et oui, Pÿa, espion syldave, versionologue, universitaire est Paul, l'académicien que nous avions côtoyé cette semaine !

Il s'était réfugié en Transylvestrie où il vivait depuis dix-sept ans. Il était très proche d'Agat qui l'avait accueilli et hébergé à Cluj après son faux suicide.

« Etes-vous venu pour vous venger d'avoir été lâché par les Services Secrets Syldaves ? » lui ai-je demandé.

« Non » m'a-t-il répondu. *« Qui vous dit que j'ai été lâché par les SS Syldaves ? Non je désirais seulement revenir en ce lieu où ma vie a basculé en un instant. Je n'ai aucune animosité envers quiconque. Ma seconde vie en Transylvestrie a été merveilleuse. ».*

– De mieux en mieux ! Cette semaine on apprend que le Professeur Pÿa Tagluc qui s'était suicidé était espion syldave, puis qu'il n'est pas mort et enfin qu'il est Paul Tagyc, académicien transylvestre présent parmi nous !

Et Agat Cyplu, dans cette affaire, vous allez peut-être me dire qu'elle n'est pas ce qu'elle est ?

– En effet. Enfin, elle est ce qu'elle est, une Professeure à l'Université de Cluj, traductrice et amie de Paul. Mais elle n'est pas que cela ! C'est elle qui a écrit la lettre signée Lucy prévenant Pÿa et l'enjoignant à fuir ! *« Pourquoi »* me direz-vous ? Ce que je peux vous dire c'est qu'à l'époque, malgré son jeune âge, elle était la cheffe du réseau de contre-espionnage de la Transylvestrie, pays limitrophe de la Bordurie et de la Syldavie. Les tensions entre ses deux voisins inquiétaient au plus haut point les autorités transylvestres. Agat était chargée de recueillir le maximum de renseignements. Elle connaissait le rôle secret de Pÿa, elle savait qu'il détenait des informations cruciales et par ce subterfuge (la lettre) a provoqué sa fuite et organisé son exfiltration.

– Bon ! Tout cela ne nous dit pas comment vous avez fait pour découvrir qui était l'assassin de Puyg Tacal.

– Récapitulons. Jusqu'au dernier jour du stage, il n'y avait pas eu crime ! La semaine s'était déroulée d'une façon idéale. En dehors des moments de calme et de solitude que chacun se ménageait pour travailler sur son propre projet, nous nous retrouvions pour discuter de choses et d'autres, pour prendre un verre, pour faire une balade dans la pinède, pour profiter de la plage, … Enfin, nous goutions allègrement cette semaine de liberté. Le dernier jour nous étions tous réunis pour lire nos *'devoirs de vacances'* comme l'avait nommé Puyg, un exercice d'improvisation avec thème imposé, puis nous avions diné et passé une soirée merveilleuse. Nous sommes allés nous coucher tard en nous promettant de nous retrouver tous ensemble dans un an. Je vous jure, de vrais ados qui se quittaient après des vacances sans les parents ! Rien dans l'attitude des stagiaires durant cette semaine ne permettait de penser qu'un criminel se dissimulait parmi eux.

Aussi, au dernier jour j'en étais arrivé à la conclusion que les menaces n'étaient qu'une blague de mauvais goût, de très mauvais goût. Jusque-là je n'avais pas relâché ma vigilance, et j'avoue que le 12 au matin j'étais l'esprit serein et le mental revigoré par cette semaine de vacances passées dans un endroit que mon maigre salaire n'aurait jamais pu me permettre de m'offrir. Je ne me suis pas douté un instant que le criminel allait agir au tout dernier moment.

Le meurtre a eu lieu le matin même. Puyg nous avait proposé que séparément nous aillions le saluer avant notre départ. C'était une occasion pour lui de nous prodiguer des derniers conseils personnels. C'est ce que nous fîmes. C'est moi qui y suis allé le dernier et quand j'ai pénétré dans son bureau je l'ai trouvé baignant dans son sang. Il avait reçu un coup de couteau mortel au thorax. Ses yeux semblaient marquer une indicible surprise. L'arme était profondément plantée sur le bureau, à deux doigts de son visage. J'ai vu dans cette scène macabre la marque d'un meurtre prémédité et parfaitement réalisé par un professionnel du crime.

Nous n'étions que huit présents au Domaine : Taga et Lucy, Paul, Agat, Caty et Paula, Pyla et moi-même. Je m'écarte du nombre des suspects, restent sept personnes qui ont pu commettre le crime.

Naturellement j'ai interrogé chacun d'eux pour savoir à quel moment ils se sont rendus dans le bureau de Puyg. Ils ont été surpris d'apprendre que je n'étais pas journaliste au '20 d'Ikatif' mais inspecteur de police. Pyla m'a immédiatement offert ses services. Il m'a avoué qu'il était là pour la même raison que moi, protéger Puyg et découvrir l'auteur de lettres de menace – je le savais déjà – et qu'il soupçonnait une des trois femmes du groupe. Je l'ai coupé avant qu'il ne m'en dise plus : *« On n'en reparlera ensemble plus tard, si vous voulez bien, mais pour l'instant, je préfère me forger mon opinion moi-même ». « Je me contenterai de vous le télépather »* me répondit-il !

Chacun des 'suspects' avait vu Puyg le matin du meurtre. Ils n'ont pas su me dire l'heure exacte, ce qui ne m'étonne guère. En revanche, ils se souvenaient tous de ceux ou celles qu'ils avaient croisés soit avant, soit après être allé dans le bureau de Puyg :
Pyla a déclaré avoir croisé Taga, Paula, Caty et Lucy.
Paul a déclaré avoir croisé Caty et Lucy

Agat a déclaré avoir croisé Taga, Paula et Caty
Taga a déclaré avoir croisé Agat et Pyla
Paula a déclaré avoir croisé Agat, Pyla et Caty
Caty a déclaré avoir croisé Paul, Agat, Pyla et Paula
et enfin Lucy a déclaré avoir croisé Paul et Pyla.

J'ai constitué un tableau regroupant toutes ces informations.

	Paul	Agat	Taga	Pyla	Paula	Caty	Lucy
Paul						X	X
Agat			X		X	X	
Taga		X		X			
Pyla			X		X	X	X
Paula		X		X		X	
Caty	X	X		X	X		
Lucy	X			X			

Un '**X**' à l'intersection d'une ligne et d'une colonne signifie que les personnes désignées en tête de ligne et en tête de colonne se sont rencontrées devant la porte du bureau de Puyg.

A l'inverse, l'absence de '**X**' signifie que ces personnes ne se sont pas vues à cet endroit. La diagonale de ce tableau est sans importance.

Par exemple, Agat et Taga ont déclaré l'un comme l'autre s'être croisés et ne pas avoir vu Paul. Dans la partie en haut à gauche du tableau suivant on peut voir les deux '**X**' symétriques par rapport à la diagonale.

	Paul	Agat	Taga
Paul			
Agat			**X**
Taga		X	

La première chose que j'ai faite a été de vérifier la cohérence de leur déclaration, c'est-à-dire vérifier que si un des participants, appelons-le 'a', a croisé un autre que l'on va désigner par 'b', alors 'b' déclare à son tour avoir croisé 'a'. Cela se matérialise par deux '**X**', un au croisement de la ligne 'a' et de la colonne 'b' et un au croisement de la ligne 'b' avec la colonne 'a'. Si ce n'est pas le cas, l'un des deux ment. Or, comme vous pouvez le constater, le tableau est symétrique par rapport à la diagonale ; autrement dit, les déclarations sont cohérentes.

– Cela ne nous désigne pas le coupable !

– En effet. Aussi, je suis passé à une autre façon de représenter les informations.

J'ai matérialisé sur un axe horizontal le temps et marqué par des intervalles de couleur sur cet axe la période durant laquelle chaque individu a attendu devant la porte et la période pendant laquelle il était dans le bureau avec Puyg.

Prenons l'exemple : 'a' a croisé les individus 'b', 'c' et 'd' ; 'b' n'a pas croisé 'c' ; 'b' et 'd' se sont croisés. Alors les intervalles de 'a', 'b' et 'd' se chevauchent, ceux de 'a' et 'c' également tandis que ceux de 'b' et 'c' et de 'd' et 'c' ne se chevauchent pas.

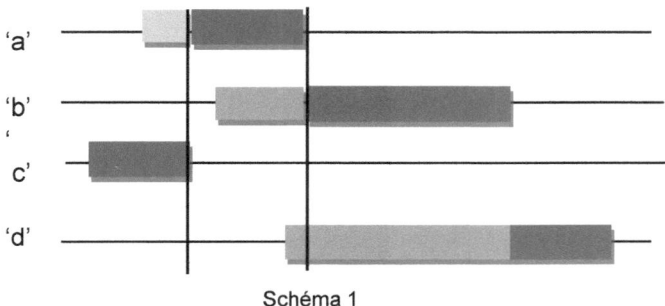

Schéma 1

Un scénario possible est celui du schéma 1 ci-dessus : 'c' arrive en premier, il n'attend pas ; pendant qu'il est avec Puyg, 'a' arrive et attend son tour ; quand 'c' sort du bureau, 'a' entre dans le bureau, 'b' n'est pas encore arrivé ; 'b' arrive ensuite suivi de 'd'. Ils croisent 'a' à sa sortie du bureau de Puyg.

– C'est super. Cela permet d'identifier l'assassin, 'd' celui qui est passé en dernier ! Félicitations ! Alors, cela a donné quoi ?

– Rien, parce qu'avec les mêmes informations, on peut bâtir plusieurs scénarios, tous aussi crédibles les uns que les autres. Tenez, le schéma 2 en est un :

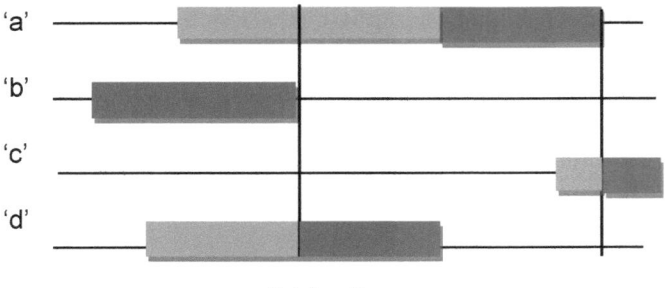

Schéma 2

'b' arrive en premier suivi de 'd' et de 'a' ; 'd' va voir Puyg, puis c'est le tour de 'a' ; 'c' arrive en dernier.
– Donc, vous n'étiez pas plus avancé. Comment vous y êtes-vous pris, Inspecteur ?

Nous le saurons après cette courte page de publicité. A tout de suite chers téléspectateurs.

*Oui mon amour,
Je veux le top,
de la compote
de topinambour
Avec le topinambour de Bordurie,
la famille rit et se nourrit*

– Bon, pour l'instant tout se déroule parfaitement. C'est bon en régie ?
– Pas de problème. Antenne dans 10 secondes.
...
– Attention ! Antenne dans 3 secondes, 2 secondes, 1 seconde, ça tourne

– Donc, vous n'étiez pas plus avancé. Comment vous y êtes-vous pris, Inspecteur ?

– J'ai choisi une nouvelle façon de représenter mes données. Cette fois-ci j'ai construit un graphe. Les sommets sont les individus et un arc relie deux sommets si les individus correspondants se sont croisés. Cela a donné le graphe suivant :

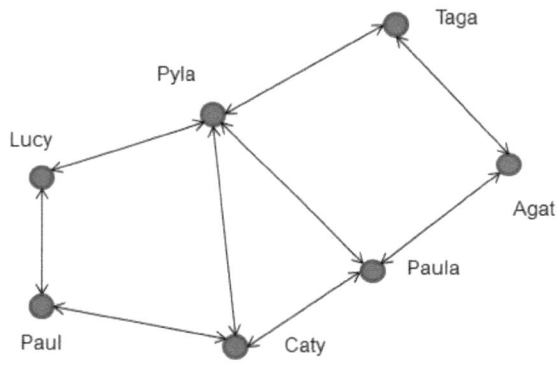

Et là, quelque chose m'a sauté aux yeux. Il y avait deux circuits distincts reliant quatre individus. Le premier est celui qui relie {Pyla, Lucy, Paul, Caty} sans liaison entre Pyla et Paul ni entre Caty et Lucy. Le second est le circuit qui relie {Pyla, Paula, Agat, Taga} sans liaison là non plus entre Taga et Paula ni entre Pyla et Agat. Or, si chaque individu n'est venu qu'une seule fois dans le bureau, de tels circuits sont impossibles. Je vous en fais la démonstration sur un croquis :

Donc, une personne de chacun de ces circuits est venue au minimum deux fois, une première pour saluer Puyg et une seconde pour le tuer.

L'assassin fait partie du circuit {Pyla, Lucy, Paul, Caty}, mais également du circuit {Pyla, Paula, Agat, Taga}. Le seul est Pyla.

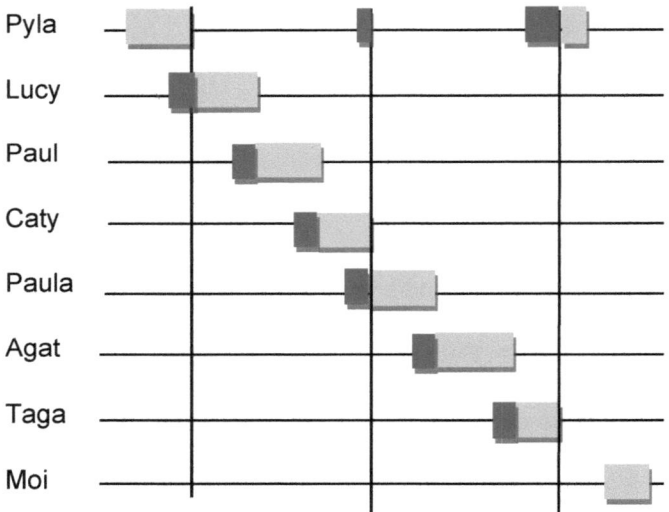

C'est lui l'assassin de Puyg. Il est venu en premier pour dire au revoir à Puyg. En sortant il a croisé Lucy. Elle me l'a confirmé par la suite. Puis Paul et Caty se sont succédé dans le bureau de Puyg. Pendant que Caty s'entretenait avec Puyg, Pyla est revenu mais Paula était présente et attendait son tour. Il est reparti au moment où Caty sortait du bureau. Il a guetté la sortie de Taga pour pénétrer dans le bureau une deuxième fois et tuer Puyg. Plus tard, quand je me suis rendu dans le bureau, je n'ai croisé personne ; l'assassin avait déjà perpétré son crime.

– Quelle brillante démonstration, Inspecteur !

– Merci, mais cette hypothèse demandait à être vérifiée. Certes, elle se tenait. C'est Pyla qui avait envoyé les lettres de menace à Puyg. Il savait que ce dernier lui demanderait de venir pour découvrir qui en était l'auteur. La première et la plus difficile partie du plan s'était déroulée comme il l'avait prévue. Il avait réussi à pénétrer le Domaine et l'invitation personnelle que Puyg lui avait faite constituait le motif inattaquable de sa présence sur les lieux.

Il avait passé sa semaine à observer les stagiaires et à élaborer la suite de son forfait. Il lui fallait trouver le meilleur candidat, en l'occurrence une candidate, celle qui aurait détesté Puyg au point de le tuer. Il a hésité entre Caty et Paula pour finalement jouer sur les deux tableaux et faire porter les soupçons sur l'une comme sur l'autre. Il a déposé sur le bureau de Puyg son rapport d'enquête détaillant les griefs que chacune d'elles lui portait, accompagné des lettres qu'il avait eu le soin d'écrire en vert et de la même écriture que les lettres de menace. L'une disait :

Puyg, vous m'avez refusé un manuscrit il y a maintenant près de vingt ans. Il est grand temps de vous racheter.   P.

et l'autre :

Puyg, tu sais que je t'aime. Pourquoi me rejettes-tu et pourquoi me fais-tu passer pour une folle. Oui, je suis folle, mais folle de toi. Ta C.

Ce qu'il ne savait pas, c'est que Puyg avait signé un contrat avec Paula le matin même. La première lettre étant un faux, il ne pouvait en être autrement de la seconde qui était écrite de la même main. Son plan a échoué. L'analyse des rencontres entre les divers intervenants au seuil de son bureau est venue le confirmer.

– Et bien, voilà une enquête rondement menée, grâce à vous Inspecteur. Vous n'aviez plus qu'à mettre les menottes à Pyla.

– Certes. Il me manquait cependant le mobile et des aveux. Pour ceux-là, je savais qu'il serait difficile de les obtenir. Quant au scénario du crime, je craignais que Pyla puisse le démonter. Si je tentais de le confondre tout de suite, il aurait beau jeu de se défendre :

« Je suis retourné voir Puyg, mais c'était pour lui remettre mon rapport. Ce n'est pas moi qui ai écrit les lettres de menace, ni les lettres signées de Paula et Caty, celles qui sont dans mon rapport.

Vous faites fausse route Inspecteur. Votre accusation ne tient pas ! L'assassin a pu tuer Puyg après mon second passage et avant le vôtre. »

Sur ce dernier point, j'avoue qu'on ne pourrait lui donner tort.

« Et puis, quel serait mon mobile ? Pourquoi aurais-je tué Puyg ? »

« L'argent, Pyla, l'argent. Vous avez tué Pyla sur commande. On vous a payé pour assassiner Puyg et vous avez tout organisé, les lettres de menace et les fausses lettres signées C. et P. En orientant les soupçons sur Caty ou Paula, vous vous écartiez de la liste des coupables potentiels. La remise de votre rapport est un prétexte pour retourner dans le bureau de Puyg et le tuer »

« Vous ne pourrez jamais le prouver !»

me dirait-il d'un sourire narquois, et je n'aurais plus qu'à prendre la porte et quitter sa chambre.

Il me fallait donc jouer fin avec lui. Et puis, il restait une inconnue, le complice commanditaire du crime, et un point d'interrogation : ce dernier faisait-il partie des quatre stagiaires ? L'enquête n'était pas totalement bouclée.

– Et comment vous y êtes-vous pris pour démasquer Pyla ? Nous le saurons après une courte page de publicité …

– Régie, lancez la pub.

Topinairpur le désodorisant Bordure.
Avec **Topinairpur**, l'air est plus pur

– Antenne dans 3 secondes, 2 secondes, 1 seconde, ça tourne.

– Et comment vous y êtes-vous pris pour démasquer Pyla ?
– J'ai tendu un piège. Pendant que nous déjeunions, j'ai demandé à Lucy et Taga de glisser sous la porte des chambres de Caty, Paula, Paul et Agat le message :

Contrat accompli. J'attends le solde

Si le complice était l'un d'entre eux, il trouverait naturel qu'une fois le crime accompli, Pyla lui réclame son dû avant de disparaître dans la nature.

Et sous la porte de la chambre de Pyla j'ai fait passer cet autre message :

Je sais que c'est vous le meurtrier de Puyg, et je vais le prouver

Tous ces messages ne manqueraient pas de provoquer des réactions : un étonnement, un questionnement pour les 'hors du coup', un contact entre Pyla et son commanditaire si ce dernier existait, la fuite, un aveu, que sais-je. Je lançais une bouteille à la mer en espérant qu'une vérité allait s'y introduire et que je n'aurais plus qu'à l'en faire sortir.

– Et c'est ce qui s'est passé ?

– Après le repas, chacun a quitté la salle à manger. Je me suis installé dans le salon. Dans la minute qui suivait, Paul et Agat sont arrivés, chacun tenant le message à la main. « *Regardez ce que j'ai trouvé sous ma porte* » dit Paul, « *Moi aussi, j'avais ceci sous le mienne ! Qu'est-ce que cela signifie ? Je trouve cette plaisanterie de fort mauvais goût* » dit Agat. Cinq minutes plus tard, c'étaient Paula et Caty qui descendaient de l'étage, elles aussi tenant le message.

« *J'ai identifié le criminel ; il s'agit de Pyla* » leur ai-je dit. « *Je vous prie de m'excuser pour ce stratagème mais j'avais besoin de savoir s'il avait agi pour le compte d'un d'entre vous* »

J'ai demandé à Taga d'annoncer à Pyla qu'il était attendu au salon. Taga est monté à l'étage. Il a frappé à la porte de sa chambre. Rien. Il a frappé à nouveau, puis tout en disant, « *Monsieur, c'est moi Taga, puis-je entrer ?* » il a pénétré dans sa chambre. Elle était vide. Sur le lit était posé un message :

Bien joué Inspecteur, mais trop tard. Je disparais et vous ne me retrouverez jamais

Face à la menace d'être dénoncé il avait préféré fuir. Mais j'avais anticipé sa réaction. Je savais qu'il tenterait de s'échapper en passant par le tunnel. Nous l'attendions à la sortie, prêt à le cueillir. Malheureusement pour lui, il y a eu un effondrement sur son passage et il a péri enseveli ….
– Le coupable a été identifié. Félicitations Inspecteur. Une enquête réussie …

– A moitié réussie seulement. On ne saura jamais qui était le commanditaire du meurtre.

Et c'est sur ces mots que s'achève notre émission. On se retrouvera le mois prochain pour une nouvelle '*Au cœur de l'enquête*'.
En attendant, toute l'équipe se joint à moi pour vous souhaiter *Bonne Soirée Mademoiselle, Bonne Soirée Madame, Bonne Soirée Monsieur.*

```
-   On coupe … C'est dans la boite. Merci
Inspecteur.
Au  fait,  Inspecteur,  nous  cherchons  à
contacter Agat Cyplu et Paul Tagyc pour
l'enregistrement de la prochaine émission et
aucun ne répond à nos appels. Sauriez-vous
comment les joindre ?
-    Non. Je  suis  désolé.  Je  n'ai  aucune
nouvelle d'eux depuis leur départ.
```

Mardi 22 février 2022. 18h18
Dans le bar/restaurant, Rue de la République, Perd

Paule, Catherine, Agathe & Lucie

Agathe :
   Je suis un peu déçue par la fin de cette enquête ...

Catherine :
   Moi aussi.

Paule :
   Mais « L'Affaire Topinambour » est loin d'être finie. Je vais vous livrer l'épilogue ...

La Gazette de Perd du 23/02/2032

L'affaire du crime du Domaine Beau Rivage – cf *La Gazette de Perd* du 13 février 2021 – est relancée. Rappelons les faits :

Puyg Tacal, auteur de romans à succès et ancien directeur de la collection *'Rivière Grise'* aux Presses Universitaires Bordures avait été retrouvé mort assassiné dans le bureau de sa maison au cœur du Domaine Beau Rivage. L'enquête, rondement menée par l'Inspecteur Atal Pugyc avait conclu à la culpabilité d'un détective privé Pyla Gatuc qui avait agi pour le compte d'un mystérieux commanditaire. Au moment de son arrestation, le criminel avait tenté de fuir en passant par un tunnel creusé sous la propriété. Ce tunnel de près de 500 mètres conduisait à une petite crique hors du Domaine. Malheureusement pour lui, ce tunnel qui datait de la Révolution de 1802 – il avait été réalisé lors de la construction de la résidence d'été de Piotr IX – n'avait jamais été entretenu et s'est effondré à son passage.

A la mort de Puyg Tacal, Taga Plucy et Lucy Tagat, les fidèles serviteurs de Puyg Tacal ont hérité du Domaine. Puyg Tacal en avait fait ses uniques bénéficiaires dans son testament. L'an passé, avant de quitter le pays et prendre une retraite bien méritée en Transylvestrie, Lucy et Taga ont vendu la propriété à un promoteur. Ce dernier a entrepris de transformer le Domaine en un gigantesque parc d'attraction. Les écologistes s'étaient naturellement opposés au projet mais les artisans et commerçants locaux soutenus par le lobbying actif des entreprises de travaux publics et du tourisme auprès des autorités locales avaient eu gain de cause.

Au cours du creusement de la grande piscine à vagues les ouvriers ont mis à jour la partie du tunnel qui s'était écroulée et du même coup de pelle ont exhumé le corps d'un homme. L'autopsie du cadavre a permis son identification. Il s'agit de Pyla Gatuc, l'assassin présumé de l'écrivain Puyg Tacal.

Le médecin légiste qui a fait à l'autopsie a révélé que la mort n'était pas due à un étouffement lié à l'effondrement de la voute du tunnel : l'enfoncement de la boite crânienne que présentait le cadavre était causé par un coup porté par un objet contondant à l'arrière du crâne. Surpris, il a procédé à un examen plus approfondi et a constaté que les poumons ne contenaient pas de poussière et que les voies respiratoires n'étaient pas obstruées.

Une analyse chimique de la terre entourant le cadavre a permis de révéler la présence d'hypo-chloro-benzoate d'acide-formo-sulfique anhydride qui, comme chacun sait, est un puissant explosif à base d'essence de topinambour. En toute hypothèse Pyla Gatuc a été assassiné, son corps a été transporté dans le tunnel que le meurtrier a fait ensuite écrouler.

L'affaire du crime du Domaine Beau Rivage est maintenant celle des crimes du Domaine Beau Rivage.

C'est le successeur de l'Inspecteur Atal Pugyc, aujourd'hui à la retraite, qui est chargé du dossier.

La Gazette de Perd du 24/02/2032

Coup de théâtre dans l'affaire des crimes du Domaine Beau Rivage.

Après la découverte hier du corps de Pyla Gatuc, quatre nouveaux cadavres ont été exhumés au cours des travaux de creusement de la piscine à vague du complexe touristique du Domaine Beau Rivage. Il s'agit des corps d'un homme et de trois femmes, non encore identifiés.

L'autopsie révèle qu'ils sont morts asphyxiés. On a décelé dans leurs poumons la présence de chloro-hypo-benzoate d'acide-sulfo-formique qui, comme chacun sait, est un gaz toxique émanant de la décomposition en milieu anhydre de racines de topinambour. Les malheureux ont été découverts dans une cave construite à l'époque de Piotr IX et qui servait de local pour entreposer les réserves de nourriture. La porte de cette cave était verrouillée de l'extérieur, ce qui laisse à penser qu'ils ont été victimes d'un acte malveillant.

Ce ne sont plus deux meurtres qu'il s'agit de résoudre, mais six ! Nous ne manquerons pas de vous informer des suites de cette affaire …

La Gazette de Perd du 33/02/2033 ([4])

A l'issue d'une enquête d'un an, d'un procès d'une semaine, et d'une délibération d'une heure, le verdict est tombé dans l'affaire des crimes du Domaine Beau Rivage :

Taga Plucy est reconnu coupable des meurtres avec préméditation de Pyla Gatuc détective, de Caty Gulpa écrivaine et de son amie professeure de Littérature Paula Cytg, de Pÿa Tagluc alias Paul Tagyc académicien transylvestre et d'Agat Cyplu, professeure à l'Université de Cluj. Il est condamné à une peine incompressible de 30 ans de réclusion.

Yug Talpac est reconnu coupable du meurtre et de l'usurpation d'identité de l'éditeur Puyg Tacal, du meurtre avec préméditation et usurpation d'identité de l'inspecteur de police Atal Pugyc, et de complicité des meurtres de Pyla Gatuc, Caty Gulpa, Paula Cytg, Paul Tagyc et Agat Cyplu. Il

---

[4] *Depuis le 1ᵉʳ janvier 2033 le calendrier a subi une profonde révision. Les autorités corchinoises imposent à toutes les démocraties, populaires comme impopulaires, d'adopter son calendrier sous peine d'être exclues du commerce international. Les 3 pays de Karpiskie - Bordurie, Syldavie et Transylvestrie - ont unanimement et courageusement accepté cette réforme. C'est ainsi qu'à partir du 1ᵉʳ janvier 2033, les 365 jours de l'année sont répartis en 11 mois de 33 jours. Les 2 jours ¼ résiduels seront regroupés tous les quatre ans en un nouveau mois de 9 jours – dit 'mois du topinambour'. Le mois de décembre disparait des calendriers ainsi que toutes les fêtes religieuses qui seront remplacées par la célébration de l'anniversaire du grand timonier Kim Jin Pingpong. Gloire à lui !*

est condamné à une peine incompressible de 30 ans de réclusion.

Lucy Tagat, complice des meurtres de Caty Gulpa, Paula Cytg, Paul Tagyc, Agat Cyplu, Atal Pugyc et Pyla Gatuc, est condamnée à 10 ans de réclusion.

Les condamnés, par la voix de leur avocat Maître Pacyt du Ga de Lu, ont déclaré ne pas avoir l'intention de faire appel de ces jugements.

C'est enfin le dénouement dans cette affaire pour le moins singulière que nous allons résumer ci-après.

Etape 1 : Un premier meurtre.

Puyg Tacal, éditeur portugnol, s'aperçoit qu'un de ses auteurs, Yug Talpac, a plagié le manuscrit de Paula Cytg. Puyg convoque Yug pour lui annoncer son intention de le dénoncer s'il ne renonce pas à réparer sa faute. La discussion tourne court. Yug tue Puyg. Il fait disparaître le corps, quitte la Portagne et vient s'établir à Perd sous l'identité de sa victime Puyg Tacal.

Il en poursuivra l'activité d'éditeur sans quitter le Domaine Beau Rivage. Les années passent. Yug Talpac a fini par se fondre dans le rôle et l'identité de Puyg Tacal.

Etape 2 : Le plan

Lorsque Yug/Puyg apprend que Paula Cytg s'est inscrite au stage, le passé refait surface. Craignant qu'elle se doute de l'usurpation d'identité et le démasque, il élabore un plan infernal : disparaître de la circulation en faisant croire à son assassinat.

Il rédige des lettres de menace à son endroit, alerte la police et s'arrange pour que le détective Pyla Gatuc et l'inspecteur de police Atal Pugyc participent au stage. Ces derniers ne se doutent pas du funeste sort qui les attend : l'un sera assassiné en lieu et place de Yug/Puyg et l'autre sera accusé du crime et mourra à son tour. Pour cela, Yug peut compter sur la fidélité de Taga et Lucy. Pour s'assurer de continuer à vivre au Domaine Beau Rivage, certes caché mais en toute quiétude, Yug fait de Taga Plucy et Lucy Tagat ses légataires universels. Ils hériteront du Domaine après sa 'disparition'.

Etape 3 : Les autres meurtres.

Le vendredi matin, dernier jour du stage, Taga propose à Pyla Gatuc d'explorer le passage souterrain. Au milieu du parcours Taga tue Pyla d'un violent coup sur le crâne et provoque l'éboulement du tunnel.

Pendant ce temps Yug tue Atal Pugyc, dépose le cadavre dans son bureau et prend la place de l'inspecteur.

Sous prétexte d'une visite guidée Taga entraîne Caty Gulpa, Paula Cytg, Paul Tagyc et Agat Cyplu dans le tunnel et les y enferme. Ils y mourront asphyxiés. Plus aucun témoin n'est là pour dévoiler la machiavélique machination et les agissements criminels de Yug et de Taga.

Yug/Atal conduit l'enquête qui conclut à la culpabilité de Pyla Gatuc. A l'issue de l'émission *'Au cœur de l'enquête'* au cours de laquelle il a brillamment tenu le rôle de l'inspecteur, Yug démissionne de la police et annonce prendre sa retraite en Transylvestrie. On perd alors sa trace. Avant de disparaître Yug a pris soin de récupérer dans la chambre d'Agat le manuscrit de « *La vérité sur l'affaire Pÿa Tagluc* »

Etape 4 : Epilogue

La découverte des cadavres lors du creusement de la piscine et leur identification a orienté les recherches vers les anciens propriétaires du lieu. Les enquêteurs sont ainsi remontés jusqu'à Taga et Lucy qu'ils ont interpellés dans leur propriété de Pilounov (Transylvestrie). Au cours de l'interpellation, qui s'est déroulée dans le plus grand calme, la police transylvestre a eu la surprise de constater la présence d'un troisième résident sur les lieux. Face au refus de ce dernier de dévoiler son identité, les enquêteurs ont eu recours à une nouvelle méthode récemment mise au point par les Services Secrets Transylvestres : les aveux télépathiques. C'est ainsi qu'en explorant les pensées de Lucy – cette technique à base d'huiles essentielles de topinambour donne de meilleurs résultats avec les femmes qu'avec les hommes, va savoir pourquoi ! – ils ont découvert que cet individu, qui vivait en compagnie du couple depuis de longues années, était Yug Talpac. Dans un premier temps ce dernier a nié toute participation aux méfaits du couple Lucy/Taga mais face aux évidences – le downloadage unidirectionnel sous Slipose de sa mémoire – il a fini par reconnaître les faits et avouer le vol des manuscrits de Paula Cytg et d'Agat Cyplu ainsi que les meurtres de Puyg Tacal et Atal Pugyc. Les trois complices ont été livrés aux autorités bordures sur le champ.

Mardi 22 février 2022. 20h20
Dans le bar/restaurant, Rue de la République, Perd

Paule, Agathe, Catherine & Lucie

Paule :
Fin de l'énigme policière. Il fait soif, vous ne trouvez pas ?!

Se tournant vers le comptoir :

Lucie, s'il vous plait, pouvez-vous nous apporter trois jus de topinambour.

Agathe :
Tu as sacrifié six personnages principaux de ton roman, sans compter les trois qui finissent en prison ! Tu ne fais pas dans la dentelle, ma chère Paule.

Paule :
Ce n'est pas un problème. Ils réapparaitront dans d'autres romans. L'auteur est tout puissant, n'est-ce pas ?

Lucy apporte les trois jus de topinambour.

Catherine :
Certes. Dis-nous, Paule, qu'est devenu le Professeur Pÿa Tagluc après sa disparition de l'hôtel Beau Rivage ?

Paule :
C'est dans le roman d'espionnage. Vous vous souvenez, celui que j'avais intitulé « Une taupe dans les topinambours » et qui avait été refusé par les Editions 'Ruisseau trouble'. Vous aurez l'occasion de le lire ... quand il sera sur les rayons des librairies.

Catherine :

S'il te plait ! Dis-nous comment le Professeur Pÿa Tagluc s'en est sorti.

Paule :

D'accord. Je lui laisse la parole ; il va le raconter lui-même.

J'étais dans le tunnel. Il faisait sombre et je me dirigeais difficilement à la lueur de la lampe de poche que m'avait donnée Taga. Le boyau était étroit et bas de plafond, je progressais courbé. Malgré la pression qui me poussait à avancer le plus rapidement possible, le souffle court je devais m'arrêter fréquemment. J'ai été formé à espionner des scientifiques, pas à faire un parcours du combattant. A chaque arrêt j'écoutais si aucun poursuivant n'était à mes trousses. Seuls les battements de mon cœur résonnaient dans ma poitrine, et, me semblait-il, se répercutaient dans tout le tunnel. La progression était lente et le tunnel semblait ne jamais aboutir.

Et si c'était un cul de sac ! Et si on m'avait envoyé dans ce terrier pour m'y faire disparaître. Un petit éboulement, et hop, plus de Professeur Tagluc !

Que s'était-il passé pour que la mission prenne cette tournure. Où avais-je failli ? Je ne voyais pas. Ma mission au Perd était achevée. Je détenais le code génétique des nouvelles semences de topinambour que la Bordurie venait de mettre au point. Je les avais codés et intégrés dans le Powerpoint de la présentation que je devais faire l'après-midi même au cours du 3ème Symposium annuel des Sciences meta-trans-inter-disciplinaires. Un des participants au séminaire était chargé d'en faire une copie et de la faire passer aux Services Secrets Syldaves. De mon propre chef, j'avais enregistré par sécurité le dossier sur une clé USB, mis cette clé dans un sachet hermétique et avalé le tout. Sa récupération prendrait vingt-quatre heures, quarante-huit, tout au plus. Jusque-là, le plan s'était déroulé comme prévu.

Et puis, voilà cette lettre glissée sous ma porte. Cette lettre signée Lucy me recommandant de fuir. Qui est cette Lucy ? Comment sait-elle que je suis en mission ici ? J'étais dans une grande perplexité et j'en étais à m'interroger sur la conduite à tenir lorsque Taga, l'agent de sécurité de l'hôtel, frappe à ma porte. Je lui ouvre, il pénètre dans la chambre et voit la lettre que je tiens en main. Je ne sais pas pourquoi, mais je la lui tends. Il la lit et sans montrer la moindre surprise il déclare être là pour m'aider, que tout est prêt pour organiser ma fuite. Tout s'enchaîne rapidement et me voilà dans un tunnel, une lampe de poche en main !

Ce plan d'évasion si minutieusement préparé m'est apparu tout à coup trop simple. Je me suis arrêté et me mis à réfléchir. Il me fallait lister les éléments incontestables et tenter d'en tirer des déductions logiques.

Premier point : Quelqu'un a glissé une lettre sous la porte de ma chambre :

Nous avons été trahis.
Fuyez mon ami, pendant qu'il est encore temps.
Vive la Syldavie, notre mère Patrie

Lucy

Cela ne peut être naturellement qu'une personne présente à l'hôtel, membre du personnel ou client, et qui, de plus, connaissait mon rôle d'espion. Donc, un membre des Services Secrets. Lucy fait-elle partie des Services

Secrets Syldaves comme le laisse supposer la lettre ? Des Services de contre-espionnage Bordures ? Des Services Secrets Corchinois ? Des Services Secrets Transylvestres ?

Deuxième point : Taga est un agent des Services Secrets. Sa réactivité, son sang-froid, son efficacité, tout dans son attitude désigne l'espion professionnel. Oui mais, pour le compte de qui travaille-t-il ? Les Syldaves ? Les Bordures ? Les Transylvestres ? Pire, Les Corchinois ?

Si l'auteur de la lettre et Taga ne sont pas la même personne, cela fait 16 possibilités : Taga agent syldave, bordure, transylvestres ou corchinois et Lucy agent syldave, bordure, transylvestre ou corchinoise. En l'absence d'informations supplémentaires, je considère ces 16 possibilités équiprobables. Parmi elles, une seule m'est favorable : {Taga~Syldave et Lucy~Syldave}. Les quinze autres me conduisent directement dans les bras de nos adversaires. En conséquence, je n'ai que 6.25% de chance de m'en tirer si je suis le plan d'exfiltration. Insuffisant !

Cet intervalle de réflexion m'a fait retrouver mon calme. Je me sens maître de mes décisions. Jusque-là j'étais un objet balloté par les éléments, soumis à des événements qui me dépassaient, maintenant j'avais le volant en main et allais choisir la direction à prendre. En premier, rebrousser chemin et sortir le plus vite possible de ce tunnel. Puis me cacher en attendant que l'on s'aperçoive de ma disparition. La lettre dans laquelle j'annonce mon suicide va orienter les recherches vers la plage ; tout le monde va s'y précipiter et j'en profiterai pour quitter les lieux.

C'est exactement ce qui s'est passé. J'ai bénéficié du remue-ménage pour m'échapper. Personne n'a fait attention à cet homme vêtu d'une livrée de serveur qui se dirigeait tranquillement vers le garage, montait dans la voiture de service de l'hôtel et quittait le Domaine. La jauge du réservoir de carburant indiquait *'plein'*. La chance me souriait ; j'ai pu rouler sans m'arrêter jusqu'aux abords de la frontière bordo-transylvestre. Là j'ai abandonné le véhicule sur un parking de supermarché. J'ai attendu la nuit pour passer la frontière à travers bois.

Pendant le trajet j'avais réfléchi à la conduite que je devais tenir.

Contacter les Services Secrets syldaves ?

Si c'étaient eux qui avaient organisé mon exfiltration, ils ne comprendraient pas pourquoi j'avais rebroussé chemin. Ils verraient en moi un homme craintif, soupçonneux, manquant de courage, en somme pas fiable. Non seulement je ne leur serais plus d'aucune utilité, mais surtout ils auraient tout intérêt à me supprimer avant que je ne divulgue la moindre information à nos adversaires. Pire, s'ils soupçonnaient que j'étais passé à l'ennemi, je devenais une menace pour eux. Mon sort serait scellé.

Si ce n'était pas eux qui avaient organisé mon exfiltration, alors cela voulait dire que j'avais été démasqué comme agent syldave par une autre puissance. Les SS Syldaves ne pouvaient prendre le risque d'avouer que je travaillais pour eux et ne feraient donc rien pour me sortir de ce mauvais pas.

> *« Si vous êtres pris, nous nierons toute implication des SS syldaves dans vos agissements »*

Avertir les SS Syldaves n'était donc pas une bonne solution dans l'immédiat.

La seule solution était de disparaître un moment pour réapparaître sous une nouvelle identité. Me cacher le temps qu'il faut, un mois, un an, …, peut-être plus. J'en avais la volonté, la force. J'avais noué des liens très forts avec des confrères transylvestres et je savais qu'ils ne manqueraient pas de m'aider.

Le choix d'un exil temporaire en Transylvestrie voisine s'imposa donc comme une évidence. Parmi mes amis, l'une m'était particulièrement chère, Agat Cyplu, une collègue de l'Université Libre de Cluj. J'avais eu l'occasion de suivre les travaux d'une de ses étudiantes. Nous avions collaboré également dans l'écriture d'un dictionnaire de référence multilingue bordo-syldavo-transylvestre. Nous correspondions régulièrement par courriels pour tout ce qui concernait nos activités professionnelles – mon rôle d'espion mis à part naturellement ! Nous discutions, mais uniquement par téléphone, lorsqu'il s'agissait d'échanger sur des idées politiques ou sociales ou sur des événements de nos vies intimes. Je ne me souviens d'aucun point de désaccord qui aurait pu venir troubler notre relation. S'il fallait la qualifier, je dirais que nous entretenions une relation franche, amicale et fraternelle. J'avais une totale confiance en Agat et cette confiance était réciproque. J'appelai Agat.

– Agat, c'est moi, Pÿa.

– Pÿa. Vous êtes vivant ! Dieu merci. On ne parle que de vous dans les journaux télévisés. Vous vous seriez noyé en mer Karpiskienne. Victime d'un malaise, vous seriez tombé d'un voilier ! On recherche votre corps et vous êtes là en train de me parler. Que s'est-il passé, Pÿa ? De grâce, dites-moi.

– C'est une longue histoire Agat. Je vous raconterai. Je vais bien, rassurez-vous. J'aurais besoin que vous me rendiez un service. Pouvez-vous venir me chercher à Braslovsky, en toute discrétion. Personne ne doit savoir que je suis vivant.

– Naturellement Pÿa. Je me libère et je suis vers vous d'ici deux heures.

C'est ainsi qu'a débuté ma nouvelle vie. Adieu Pÿa Tagluc, éminent professeur d'Université, fondateur de la Versionologie – discipline totalement canularesque, soit dit au passage –, agent des SS Syldaves et bonjour Paul Tagyc, académicien !

Une rumeur venue de l'extérieur interrompt leur conversation.

Paule :
Que se passe-t-il ?

Catherine :
C'est une manifestation organisée par la secte 'Le cul annone'. Tu n'as pas vu la Une du Progrès d'aujourd'hui ? « Joignez-vous à nous, venez nombreux. Prions car la fin du monde est programmée pour aujourd'hui ».

Agathe :
Si c'est vrai, c'est dans 'Le Progrès', n'est-ce pas !

Catherine :
S'en suit un article où il est question de complot francmaçon sioniste et d'un gigantesque trafic pédo-criminel organisé au plus haut niveau par quelques milliardaires et dirigeants du 'deep state' afin d'extraire des glandes surrénales de leurs victimes une molécule, l'adrénochome, à la base d'un gel de jouvence ; sans compter sur l'inoculation de virus dans la population suivie de l'introduction de puces électroniques dans les vaccins afin de prendre le pouvoir sur les esprits, etc. Je vous en passe et des meilleures.

Agathe prend le journal et lit :

« Il y a indubitablement des choses qui se passent à un niveau qui nous dépasse. Fort heureusement certains savent prendre des risques pour que nous soyons informés de la collusion organisée à nos dépends entre BigPharma et les industries agro-alimentaires.

Avez-vous remarqué ? Les emballages dits 'à ouverture facile' sont souvent une source d'agacement, voire pire pour les plus maladroits. Si on est dans une situation psychologique précaire, on peut basculer dans état que les médecins, complices, soignent à grand renfort de psychotropes chimiques remboursés comme il se doit par la Sécurité Sociale et ainsi aller directement alimenter les profits des laboratoires pharmaceutiques. Comment imaginer qu'une humanité qui enverrait des hommes marcher sur la Lune ne soit pas foutue de concevoir une ouverture facile sur un paquet de nouilles ! Je vais vous dire : c'est parce que les Américains n'ont jamais envoyé d'hommes dans l'espace et à plus forte raison fait le tour de la Lune pour s'y poser. Tourner autour de la Lune, quelle idée stupide alors que la Lune est plate. « Pourquoi ? » me direz-vous. Voyons ! La Terre est plate – c'est une chose que plus personne de raisonnable ne conteste aujourd'hui – et vous voudriez que son satellite ne le soit pas ? Voyons, soyons sérieux !

Autre exemple. Les plus anciens d'entre nous ont connu les boites de sardines que l'on ouvrait à l'aide d'un ouvre-boite enchâssant une lamelle qui dépassait du couvercle. Avec l'instrument idoine, c'était déjà fort périlleux, mais sans ouvre-boite, avec un petit anneau qui se casse lorsqu'on tire dessus, je vous laisse imaginer le nombre de doigts coupés ou entaillés. Et depuis cette 'innovation', coïncidence, la firme Chrome&Mercure s'est enrichie au point de racheter tous les droits d'exploitation du répertoire de Charles Aznou Varian du Viruz.

Lors de fouilles archéologiques entreprises en Mexicanie sur le site précolombien de Mayalabeille on a pu trouver des boites de conserve dont le dispositif d'ouverture était sans danger. D'où provenaient ces boites ? Réponse : d'une civilisation plus avancée que la nôtre. On peut en effet voir du ciel des traces d'atterrissage d'engins spatiaux près du site, mais ça, on nous le cache ! Bref, le brevet d'exploitation de ce dispositif a été accaparé par la firme Faitdubeur, qui l'a volontairement rangé au fond d'un tiroir sans l'exploiter. Devinez pourquoi ! C'est Faitdubeur qui commercialise le vaccin antitétanique !

Catherine :
Ils sont graves. Mais, que se passe-t-il ? D'où vient ce bruit ?

Un grondement sourd monte des profondeurs de la Terre. Le sol tremble, les bouteilles alignées au-dessus du bar s'entrechoquent dans un tintement clair. Des poussières de plâtre tombent du plafond. Catherine, Paule et Agathe sortent dans la rue. Une crevasse béante s'est ouverte sous les pieds des manifestants les précipitant dans le vide. Ils avaient raison : le 22/02/2022 à 20h22 marquera pour eux la fin du monde. La crevasse se referme. La Terre les digère. Le calme revient. Catherine, Paule et Agathe rentrent dans le bar/restaurant.

Paule :
Bon, passons à table. Lucie, qu'est-ce qu'il y a au menu de ce soir ?

Lucie :

Je vais demander au chef.

S'adressant au cuisinier :

Paolo, c'est quoi le plat du jour ?

Du fond de la cuisine :

Paolo :

Une paella au topinambour à la mode portugnole.

Errata

Page 211 : Le titre de cette page devrait être « **Erratum** *»*

Editions « Sources Claires »

Déjà parus
Puyg Tacal
   « La lubie de Lulu, l'ibis de Lybie »
   « Lully, le bel alibi de la belle Lulu »
   « Lesdits dix indices des douze doux hindous »
   « Comment soigner le bé-bégaiement en 22 leçons »
Pÿa Tagluc
   « La vérité sur l'affaire Yug Talpac »
Yug Talpac
   « La vérité sur l'affaire Pÿa Tagluc »
Guy Caplat
   « Les nouvelles identités remarquables »

A paraître
Guy Caplat
   « La discordance des temps »
   « Une histoire peu ordinaire »
   « Des nouvelles d'ici et d'ailleurs »